文景

———————

Horizon

社 科 新 知　文 艺 新 潮

Thomas
Bernhard
Der Präsident
总统

[奥地利] 托马斯·伯恩哈德 著

马文韬 译

上海人民出版社

目　录

特立独行的伯恩哈德——伯恩哈德作品集总序

托马斯·伯恩哈德（1931—1989）是奥地利最有争议的作家，对他有很多称谓：阿尔卑斯山的贝克特、灾难作家、死亡作家、社会批评家、敌视人类的作家、以批判奥地利为职业的作家、夸张艺术家、语言音乐家等。我以为伯恩哈德是一位真正富有个性的作家。叔本华曾写道："每个人其实都戴着一张面具和扮演一个角色。总的来说，我们全部的社会生活就是一出持续上演的喜剧。"[1]伯恩哈德是一位憎恨面具的人。诚然，在现实社会中，绝对无遮拦是不可能的，正如伯恩哈德所说："您不会清早起来一丝不挂就离开房间到饭店大厅，也许您很愿意这样做，但您知道是不可以这样做的。"[2]是否可以说，伯恩哈德是一个经常丢掉面具的人。1968年在隆重的奥地利国家文学奖颁奖仪式上，作为获奖者的伯恩哈德在致辞时一开始便说"想到死亡，一切都是可笑的"，接着便如他在其作品中常做的那样

1　叔本华：《叔本华思想随笔》，韦启昌译，上海人民出版社，2003年，第106页。

2　Thomas Bernhard, *Gespraeche mit Krista Fleischmann*, Suhrkamp, 2006, p.43.

1

批评奥地利，说"国家注定是一个不断走向崩溃的造物，人民注定是卑劣和弱智……"，结果可想而知，文化部长拂袖而去，文化界名流也相继退场，颁奖会不欢而散。第二天报纸载文称伯恩哈德"狂妄"，是"玷污自己家园的人"。同年伯恩哈德获安东·维尔德甘斯奖，颁奖机构奥地利工业家协会放弃公开举行仪式，私下里把奖金和证书寄给了他。自1963年发表第一部长篇散文作品《严寒》后，伯恩哈德平均每年都有一两部作品问世，1970年便获德国文学最高奖——毕希纳奖。自1970年代中期，他公开宣布不接受任何文学奖，他曾被德国国际笔会主席先后两次提名为诺贝尔文学奖候选人，他说如果获得此奖他也会拒绝接受。不俗的文学成就，使他登上文坛不久便拥有了保持独立品格所必要的物质基础，使他能够做到不媚俗，不迎合市场，不逢迎权势，不为名利所诱惑，他是一个连家庭羁绊也没有的、真正意义上的富有个性的自由人。如伯恩哈德所说："尽可能做到不依赖任何人和事，这是第一前提，只有这样才能自作主张，我行我素。"他说："只有真正独立的人，才能从根本上做到真正把书写好。"[1]"想到死亡，一切都是可笑的。"伯恩哈德确曾很早就与死神打过交道。1931年，

1　Thomas Bernhard, *Gespraeche mit Krista Fleischmann*, Suhrkamp, 2006, p.110.

怀有身孕的未婚母亲专门到荷兰生下了他，然后为不耽误打工挣钱，把新生儿交给陌生人照料，伯恩哈德上学进的是德国纳粹时代的学校，甚至被关进特教所。1945年后在萨尔茨堡读天主教学校，伯恩哈德认为，那里的教育与纳粹教育方式如出一辙。不久他便弃学去店铺里当学徒。没有爱的、屈辱的童年曾使他一度产生自杀的念头。多亏在外祖父身边度过的、充满阳光的短暂岁月，让他生存下来。但长期身心备受折磨的伯恩哈德，在青年时代伊始便染上肺病，曾被医生宣判了"死刑"，他亲历了人在肉体和精神瓦解崩溃过程中的毛骨悚然的惨状。根据以上这些经历，他后来写了自传性散文系列《原因》《地下室》《呼吸》《寒冷》和《一个孩子》。躺在病床上，为抵御恐惧和寂寞他开始了写作，对他来说，写作从一开始就成为维持生存的手段。伯恩哈德幸运地摆脱了死神，同时与写作结下不解之缘。在写作的练习阶段，又作为报纸记者工作了很长时间，尤其是报道法庭审讯的工作，让他进一步认识了社会，看到面具下的真相。他的自身成长过程和社会经历构成了他写作的根基。

说到奥地利文学，在第二次世界大战后，要首先提到两位作家的名字，这就是托马斯·伯恩哈德和彼得·汉德克，他们都在1960年代登上德语国家文坛。伯恩哈德1963

年发表《严寒》引起文坛瞩目，英格博格·巴赫曼在论及伯恩哈德 1960 年代的小说创作时说："多年以来人们在询问新文学是什么样子，今天在伯恩哈德这里我们看到了它。"汉德克 1966 年以他的剧本《骂观众》把批评的矛头对准传统戏剧，指出戏剧表现世界应该不是以形象而是以语言；世界不是存在于语言之外，而是存在于语言本身；只有通过语言才能粉碎由语言所建构起来的、似乎固定不变的世界图像。伯恩哈德和汉德克的不俗表现使他们不久就被排进德语国家重要作家之列，并先后于 1970 年和 1973 年获得最重要的德国文学奖——毕希纳奖。如果说直到这个时期两位作家几乎并肩齐名，那么到了 1980 年代，伯恩哈德的小说、自传体散文以及戏剧的成就，特别是在他去世后的 1990 年代，超过了汉德克，使他成为奥地利最有名的作家。正如德国文学评论家赖希-拉尼茨基所说："最能代表当代奥地利文学的只有伯恩哈德，他同时也是我们这个时代德语文学的核心人物之一。"伯恩哈德创作甚丰，他 18 岁开始写作，40 年中创作了 5 部诗集、27 部长短篇散文作品（亦称小说）、18 部戏剧作品，以及 150 多篇文章。他的作品已译成 40 多种文字，一些主要作品如《历代大师》《伐木》《消除》《维特根斯坦的侄子》等发行量早已超过 10 万册，他的戏剧作品曾在世界各大主要剧场上演。伯恩哈德逝世后，他的戏剧作品在不断增加，原本被称为散文作品或小说的《严寒》《维特根斯坦的侄子》《水泥地》和《历代大师》等先后被搬上了舞台。

以批判的方式关注人生（生存和生存危机）和社会现实（人道与社会变革）是奥地利文学的传统，伯恩哈德是这个文学链条上的重要一环。如果说霍夫曼斯塔尔指出了普鲁士式的僵化，霍尔瓦特抨击了市侩习性，穆齐尔揭露了典型的动摇不定、看风使舵的卑劣，那么伯恩哈德则剖析了习惯的力量，讽喻了对存在所采取的愚钝的、不加任何审视和批评的态度。他写疾病、震惊和恐惧，写痛苦和死亡。他的作品让人们看到形形色色的生存危机，以及为维护自我而进行的各种各样的努力和奋斗。这应该说不是文学的新课题，但伯恩哈德的表现方法与众不同，既不同于卡夫卡笔下的悖谬与隐喻，也不同于荒诞派所表现的要求回答意义与世界反理性沉默之间的对峙。伯恩哈德把他散文和戏剧中人物的意图和行为方式推向极端，把他们那些总是受到威胁、受到质疑的绝对目标，他们的典型的仪式，最终同失败、可悲或死亡联系在一起。他们时而妄自尊大，时而失落可怜；他们所面临的深渊越艰险，在努力逃避时就越狼狈。如果说伯恩哈德早期作品中笼罩着较浓重的冷漠和严寒气氛，充斥着太多的痛苦、绝望和死亡，那么在后期作品中，他常常运用的、导致怪诞的夸张中，包含着巧妙的具有挑战性的幽默和讽刺。这种夸张来自严重得几乎令人绝望的生存危机，反过来它也是让世界和人变得可以忍受的唯一的途径。伯恩哈德通过作品中的人物说，我们只有把世界和其中的生活弄得滑稽可笑，我们才能生活下去，没有更好的方法。从这个意义上说，夸张也是克服生存危机的主要手段。

让我们先概略地了解一下他的主要作品的内容，虽然介绍作品的大致情节实际上不能很好地说明他的作品，因为他的作品，无论有时也称作小说的散文，还是戏剧，都不注重情节的建构。

他的成名作是小说《严寒》（1963），情节很简单：外科大夫委托实习生去荒凉的山村观察隐居在那里的他的兄弟——画家施特劳赫。26天的观察日记和6封信就是这部小说的内容，作为故事讲述者的实习生，随着观察感到越来越被画家的思路所征服，好像进入了他的世界。通过不断地引用画家的话，他的独白，展示了他的彷徨、迷惘，他的痛苦和绝望。他不能像他做医生的兄弟那样有成就，因为他的敏感和他的想象使他无法忍受自然环境的残暴。建造工厂带来的污染使他呼吸不畅；战争中大屠杀留下的埋人坑，让他感到空气似乎都因死者的叫喊而震颤。孤独、失败和恐惧使他愤懑，于是他便用漫无边际的谩骂和攻击来解脱。最后他失踪在冰天雪地里。事实表明，他的疾病是精神上的，他整个人都在瓦解，好像在洪水冲刷下大山的解体。

他的第二部长篇《精神错乱》（1967）可以作为第一部长篇的延伸，是直面瓦解和死亡的一部作品。医生欲让读大学的儿子了解真实的世界，便带他出诊。年轻人客观地叙述他所见到的充满愚钝、疾病、苦痛、疯癫和暴力的世界。他所见到的人，或者肉体在瓦解、在腐烂，如磨坊主一家；或者像把自己关在城堡里的、精神近于错乱的侯爵骚劳，他见到医生无法自制，滔滔不绝讲述起世界的可怕和无法理解。这个世界是一座死亡的学校，到处是冰冷、病态、癫狂和混乱，树林上空飞着鲨鱼，人们呼吸的是符号和数字，概念成了我们世界的形式。骚劳侯爵那段长达100多页的独白，像是精神分裂者颠三倒四的胡说八道，实际上是为了呼吸不停顿、为了免得窒息而亡的生存方式。长篇《石灰厂》（1970）的主人公退居到一个废弃的石灰厂里从事毕生所追求的关于听觉的试验。在深知自己无力完成这项试验后，他杀死了残疾的妻子，结束了自己的生命。长篇《修改》（1975）中，家道殷实的主人公不去管理家业，却专心致志耗费大量资金为妹妹造一座圆锥体建筑物，建成后，妹妹走进去却突然死亡。一心想让妹妹在此建筑中幸福生活的建造者，也随之结束了自己的生命。《水泥地》（1982）的主人公计划写一篇关于一位作曲家的学术论文，但姐姐的来访和离去都使他无法安心写作，于是他便出去旅行，期望能在旅行中安静思考。在旅馆里他想起一年半前在此度假的一个不幸的女人，她的丈夫在假期中坠楼身亡。主人公到墓地发现，墓碑上这个男人姓名的旁边竟然刻着那女人的名字。回到旅馆后他心中再也无法平静。音乐评论家雷格尔是《历代大师》（1985）的主人公，定期到艺术史博物馆坐在展览厅里注视同一幅油画。他认为只要下功夫去寻找，任何大师的名作都有缺点，而只有找出他们的缺点，他们才是可以忍受的。他恨他们同时他又感谢他们，是他们使他留在了这个世界上。但当他的妻子去世时，他才发现，使自己生活在这个世界上这么久的其实不是历代大师，而是他的妻子，他唯一的亲人。《消除》（1986）的主人公木劳为拯救他的精神生活，必须离开他成长的家乡。由于父母（当过纳粹）和兄弟遇车祸死亡，他不得不返乡。这次逗留使他看得更清楚，必须永远离开他的出生之地。他决定去描写家乡，目的是打破普遍存在的对纳粹那段历史的沉默，把所描写的一切消除掉，包括一切对家乡的理解和家乡的一切。《消除》使人想起了许多纳粹时代的、人们业已忘记了的罪行。传统的权威式教育，以及天主教与哈布斯堡王朝的合作，伤害了人们的思考能力，奥地利民族丧失了精神，成为彻底的音乐民族。

以破坏故事著称的伯恩哈德，他那有时也被称为小说的长篇散文当然没有起伏跌宕的情节，但是他对人们弱点的揶揄，对世间弊端的针砭，对伤害人性的习俗和制度的抨击，对人生的感悟，的确能吸引读者，让读者在阅读过程的每个片段都能得到启发。比如《水泥地》中对医生的批评，对慈善机构的斥责，对所谓对动物之爱的质疑，以及对不赡养老人的晚辈的讽刺；《历代大师》中对艺术人生的感悟，对社会上林林总总文化现象的思索，对社会进步的怀疑——吃的食物是化学元素，听的音乐是工业产品，以及对繁琐、冷漠的官僚机构的痛斥，等等。伯恩哈德作品的另一特点是诙谐和揶揄，把夸张作为艺术手段。比如对于《历代大师》中对包括歌德和莫扎特在内的大师们的恶评，在阅读时就不能断章取义，也不能停留在字面上，应该读出作者的用心，一方面是让人破除迷信，另一方面以此披露艺术评论家的心态，揶揄他们克服生存危机的方式。他对家乡、对他的祖国奥地利大段大段的抨击也是如此。奥地利不是像作品中所说的纳粹国家，但纳粹的影响确实没有完全消除；维也纳不是天才的坟墓，但这里的狭隘和成见也的确让许多天才艺术家出走。他的小说不能催人泪下，但能让你忍俊不禁，让你读到在别人的小说里绝对读不到的文字，从而思路开阔，有所感悟。

伯恩哈德的戏剧作品中主人公维护自尊自立、寻求克服生存危机的方式，不像他小说的主人公那样，把自己关闭在一个地方离群索居，或在广漠的乡村，或在一座孤立的建筑物中，不能不为一个计划、一个目标全力以赴，其结局或者怪诞，或者遭遇不幸和失败；而是运用仪式和活动，他们需要别人参加，而这些人到头来并不买账，于是主人公的意图、追求的目标往往以失败告终。比如他的第一个剧本《鲍里斯的节日》（1970）中，主人公是一个失去双腿的女人，她把失去双腿的鲍里斯从残疾人收养院里接了出来并与其结婚。女人强烈地想要摆脱不能独立、只能依赖他人的处境，于是便举行庆祝鲍里斯生日的仪式。她从残疾人收养院里请来13位没有双腿的客人，满足她追求与他人处境相同的欲望，对她的健康女仆百般虐待凌辱，并令其在仪式上坐轮椅，通过对他人的贬低和奴役来克服自己可怜无助的心态，通过施恩于更可怜的人得到心理上的满足。这一天不是鲍里斯的节日，而是女主人公的节日，鲍里斯在仪式结束时突然死去。1974年首演于萨尔茨堡的《习惯的力量》中，主人公马戏班班主、大提琴师加里波第，为了克服疾病、衰老和平庸混乱的现状，决定组织一个演奏小组，让马戏班的小丑、驯兽师、杂耍演员以及自己的外孙女同他一起精心排练演出弗兰茨·舒伯特的《鳟鱼五重奏》。他利用自己的权力，恩威并施地去实现这个理想，年复一年怪诞的演练变成了马戏班的常规。目的不见了，习惯掌握了权力。尽管演奏组成员不能挣脱最基本的习性和需求，排练经常变成相互厮打，与意大利民族英雄加里波第同名的马戏班班主成了习惯力量控制的奴隶。在1974年首演于维也纳城堡剧院的《狩猎的伙伴们》中，一位只配谈论死亡供人消遣的戏剧家，在将军的狩猎屋里与将军夫人打牌，谈论将军的重病，以及当初曾为将军提供庇护的这座森林发生的严重虫灾。在斯大林格勒失掉一条胳膊的将军，有权有势的强者，在听到作家告诉他其妻一直隐瞒的真相后开枪自杀了。所谓的生存的主宰者自己反倒顷刻间毁灭，怀疑、讽刺生存境况者却生存下来。剧本《伊曼努尔·康德》（1978）中，日趋衰老的哲学家康德偕夫人，有仆人带着爱鸟鹦鹉跟随，前往美国去治疗可能会导致失明的眼病，在船上遇到各种人物：百万富婆、艺术收藏家、主教、海军将领等。在他们的日常言谈话语中隐藏着残忍和偏执。作为和谐和人道思想代表的康德，在客轮鸣笛和华尔兹舞曲的干扰中开始讲课。除了他的鹦鹉，他的关于理性的讲课没有听众。轮船到达目的地后，他立即被精神病医生接走。《退休之前》（1979）涉及德国纳粹那段历史，曾是党卫军军官的法庭庭长鲁道夫·霍勒尔与其姐妹维拉和克拉拉住在一起，每年都给纳粹头子希姆莱过生日，他身穿党卫军军官制服，强迫克拉拉穿上集中营犯人的囚服。习惯了发号施令决定他人命运的霍勒尔在家里是两姐妹的权威。一个顺从他，甚至与他关系暧昧；另一个虽然恨他，诅咒他，但又不愿意离开这个家。因为他们都习惯了自己的角色，走不出他们共同演的这出戏。在这一年希姆莱生日的这天，霍勒尔饮酒过量把戏当真了，他大喊大叫不再谨慎小心："我们的好日子回来了，我们有当总统的同事，不少部长都有纳粹的背景。"最后因兴奋激动过度，导致心脏病发作倒下。1985年伯恩哈德的《戏剧人》首演，主人公是一位事业已近黄昏的艺术家，带着他的家庭剧团巡演到了一个小村镇，要在一个简陋的舞厅里演出他的大作《历史车轮》。尽管他架子很大，对演员颐指气使，同时嘴上不断把自己与歌德和莎士比亚相提并论，但他的妻子咳嗽不停，儿子手臂受伤。好歹布置好了舞台，观众也来了百十来人，可惜天不作美，一时间电闪雷鸣，观众大喊牧师院子里着火了，随之一哄而散，演出以失败告终。他不自量力地追求声望，终究未能如愿以偿。《英雄广场》（1988）是伯恩哈德最后一部戏剧作品，犹太学者舒斯特教授在纳粹统治时期流亡国外，战后应维也纳市长邀请返回维也纳，然而当他发现50年来奥地利民众对犹太人的看法并没有任何变化时，便从他在英雄广场旁的住宅楼上跳窗自杀了。其妻在葬礼那天坐在家里，仿佛听到50年前民众在广场上对希特勒演讲发出的欢呼，欢呼声愈来愈响，她终于无法忍受昏倒身亡。教授的弟弟对奥地利这个国家、对奥地利人的批判与其兄相比有过之而无不及，但他是有远见的人，他认为用生命去抗议根本没有用处。

综上所述，我们看到作品中的主人公，或者患病，或者背负着出身的负担，或者受到外界的威胁，或者同时遭受这一切，从根本上危及其生存。于是他们致力于解脱这一切，与出身、传统和其他人分离开来，尽可能完全独立，去从事某种工作，或者追求某种完美的结果。通常他们那很怪诞的工作项目演变成为一种发自内心的强迫，作为绝对的目标，不惜一切代价要去实现，这些现代堂吉诃德式人物的绝对要求、绝对目标最后成为致命的习惯。

关于夸张手法上文已有论述，这里要补充的是，几乎伯恩哈德所有作品中的主人公都有大段的对奥地利国家激烈的极端的抨击，常常表现为情绪激动的责骂，使用的字眼都是差不多的：麻木、迟钝、愚蠢、虚伪、低劣、腐败、卑鄙等。矛头所向从国家首脑到平民百姓，从政府机构到公共厕所。怎样看这些文字？第一，这些责骂并无具体内容，而且常常最后推而广之指向几乎所有国家。第二，这些责骂出自作品人物之口，往往又经过转述，或者经过转述的转述，是他们绝望地为摆脱生存困境而发泄出来的。譬如《水泥地》中的"我"在家乡佩斯卡姆想写论文，多年过去竟然一个字也写不出来，只好去西班牙，于是便开始发泄对奥地利的不满；在《历代大师》中，主人公雷格尔在失去妻子后的悲伤和绝望中，从追究有关当局对妻子死亡的罪责，直到发泄对整个国家的愤怒。第三，这些大段责骂的核心是针对与民主对立的权势，针对与变革对立的停滞，针对与敏感对立的迟钝，针对与反思相对立的忘记和粉饰，以及针对习惯带来的灾难和对灾难的习惯。所以，从根本上说，这些大段的责骂是作为艺术手段的夸张。但是其核心思想不可否认是作者的观点，这也是伯恩哈德作品的核心思想。事实证明，他那执着的，甚至体现在他遗嘱中的、坚持与其批判对象势不两立的立场，对他的国家产生了积极作用：1991年，奥地利总理弗拉尼茨基公开表示奥地利对纳粹罪行应负有责任。

可惜在很长时间里，人们没有真正理解这位极富个性的作家，他的讲话、文章和书籍不断引起指责、抗议乃至轩然大波。早在 1955 年担任记者时他就因文章有毁誉嫌疑而被控告，从 1968 年在奥地利国家文学奖颁奖仪式上的获奖讲话中严厉批评奥地利引起麻烦开始，伯恩哈德就成为一个"是非作家"。1975 年与萨尔茨堡艺术节主席发生争论；1976 年他的书《原因》惹恼了萨尔茨堡神父魏森瑙尔；1978 年在《时代周报》上撰文批判奥地利政府和议会；1979 年，因不满德国语言文学科学院接纳联邦德国总统谢尔为院士而声明退出该院；同年指名攻击总理布鲁诺·克赖斯基；1984 年他的小说《伐木》因涉嫌影射攻击而被警察没收；1988 年剧作《英雄广场》在维也纳上演，舞台上，50 年前维也纳英雄广场上对希特勒的欢呼声，似乎今天仍然响在剧中人耳畔。该剧公演前就遭到围剿，媒体、某些政界人士，以及部分民众群起口诛笔伐，要取消剧作者的公民资格，某些人甚至威胁伯恩哈德要当心脑袋。公演在推迟了三周后，终于在 1988 年 11 月举行，观众十分踊跃。一出原本写一个犹太家庭的戏惊动了全国，乃至世界，整个奥地利成了舞台，全世界是观众。1989 年 2 月伯恩哈德在去世前立下遗嘱：他所有的已经发表的或尚未发表的作品，在他去世后在著作权规定的年限里，禁止在奥地利以任何形式发表。

伯恩哈德去世后，在他的故乡萨尔茨堡成立了托马斯·伯恩哈德协会，在维也纳建立了托马斯·伯恩哈德私立基金会，他在奥尔斯多夫的故居作为纪念馆对外开放。无论在德国还是在奥地利，在纪念他逝世10周年暨诞辰70周年期间都举办了各种专题研讨会、报告会和展览会。为纪念伯恩哈德诞辰75周年，德国苏尔坎普出版社在已出版了35种伯恩哈德作品的基础上，于2006年又开始编辑出版22卷的伯恩哈德全集。

今天人们对伯恩哈德的夸张艺术比较理解了，对他的幽默也比较熟悉了，他的书就是要引起人们注意那些司空见惯的事物，挑衅种种习惯的力量，揭示它们的本来面目。正如叔本华所说："真正的习惯力量，却是建立在懒惰、迟钝或者惯性之上，它希望免去我们的智力、意欲在做出新的选择时所遭遇的麻烦、困难，甚至危险。"[1]比如某些思想和观念不动声色的延续。"二战"后，人们在学校里悄悄地用基督受难像取代了希特勒肖像，但权威教育没有任何改变。他认为，从哈布斯堡王朝到第三帝国直到今天，都在竭力繁荣那艺术门类中最无妨害的音乐，在动听的乐曲声中几乎没有人发现奥地利很久没有出现像样的哲学家了。"延续不断"是灾难，而破坏、断裂则是幸运。当人们不是从字

1　叔本华：《叔本华思想随笔》，韦启昌译，上海人民出版社，2003年，第100页。

面上，而是深入字里行间，真正理解了他的夸张艺术手段时，便会发现伯恩哈德作品中体现出来的现代精神。他那十分夸张的文字，有时精确得难以置信。1966年他曾写道，我们将融合在一个欧洲里，这个统一的欧洲将在下一世纪诞生。欧洲的发展进程证实了他的预言。难怪著名奥地利女作家巴赫曼早在1969年评价伯恩哈德的作品时就说："在这些书里一切都写得那么准确……我们只是现在还不认识这写得那么准确的事情，就是说，还不认识我们自己。"

伯恩哈德的书属于那种不看则不想看，看了就难以释手的书。

德国文学评论家赖希-拉尼茨基说："有些人读伯恩哈德觉得难受，我属于读他的作品觉得是享受的那些人之列。"[1] 他还说："有人为奥地利文学造出一个新概念：伯恩哈德型作家，这是有道理的。耶利内克、盖·罗特和格·容克，这些知名作家经常在伯恩哈德的影响下写作。"[2]

巴赫曼评价伯恩哈德的书时说："德语又写出了最美的作品，艺术和精神，准确、深刻和真实。"[3]

耶利内克在1989年悼念伯恩哈德逝世时说："伯恩哈

1 Marcel Reich-Ranicki, *Der doppelte Boden*, Frankfurt, Fischer, 1994, p.63.

2 Marcel Reich-Ranicki, *Der doppelte Boden*, Frankfurt, Fischer, 1994, p.139.

3 Ingeborg Bachmann, *Werke*, Muenchen, Piper, 1982, Bd. 4, p.363.

德是独一无二的，我们，是他的财产。"[1]

　　伯恩哈德是位享誉世界的作家，同时也是位地道的奥地利作家。疾病几乎折磨了他一生，他生命的最后10年可以说是命运的额外馈赠，疾病磨砺了他的目光，锻炼了他的语言。正如耶利内克所说，将他变成了奥地利的嘴，去做健康者始终觉得是不得体的事：诉说这个国家的真相。奥地利的传统，尤其是哈布斯堡帝国的历史，在他身上留下了深刻的烙印，他对奥地利的批评是出自那种真正的恨爱，正是由于对奥地利的不断的批评，奥地利早已成为他生活中不可或缺的内容。尽管谁拼命地想要属于她，她就首先把谁给踢开。上奥地利是他的家乡，维也纳是他文学活动的主要场所。家乡的许多地方与他书中人物联系在一起，书中的许多场景散发着维也纳咖啡的清香。伯恩哈德书中的语言，词语的选择和构造，发音和语调，都是典型的奥地利式的，他自己曾说："我的写作方式在德国作家那里是不可想象的，顺便说一下，我当真很讨厌德国人。"[2] 顺便说的这半句就没有必要了，这就是伯恩哈德，一个极富个性的奥地利人。他的书对我们了解奥地利这个国家和她的人民是很有帮助的。这也是译者译他的书的原因之一。

1　Sepp Dreissinger, *13 Gespraeche mit Thomas Bernhard*, Weitra, 1992, p.159.

2　Sepp Dreissinger, *13 Gespraeche mit Thomas Bernhard*, Weitra, 1992, p.112.

我读伯恩哈德以来，已过去几十年，对其作品的了解在逐渐加深。首先，他喜欢大量运用多级框形结构的长句，加上他的夸张手法，他的幽默和自嘲，让你不得不反复去读，才有可能吃透他要表达的意思，才能咂摸出他作品个中滋味。他的作品文字并不艰深，结构也不复杂，叙述手段新奇而不怪诞，但是，想完全读懂伯恩哈德实属不易。赖希-拉尼茨基曾多次称，面对伯恩哈德的作品他感到发憷，他甚至害怕评论他的作品，因为找不到一种尺度去衡量，他说，伯恩哈德不是我们中的一个，他太独立特行，是极端的另类。

我们可能暂时还读不透他的书，或者可能常常误读他，但有一点是肯定的，我们在他的书中往往能读到在别的书中读不到的东西，他的书让我们开阔眼界，让我们重新考虑和认识那些司空见惯的事物。读他的书你不能不佩服他写得真实，他把纷乱和昏暗的事物照亮给你看，他运用的照明工具就是夸张和重复。为了真实表现世界，他从来都走自己的路，如果说他的书中也涉及爱情的话，他决不表现情色和性欲，他的文字绝对干净，他这样做可能未免太夸张了，但他的书就是要诉之于你的头脑，启迪你思考，而不追求以种种手段调动你的情愫。他是一位令人难以忘怀的作家，他去世了，但仿佛他仍在创作，因为他的戏剧作品在不断增加，他的小说《维特根斯坦的侄子》《历代大师》等，都在他去世后相继作为戏剧作品被搬上舞台。2009 年年初，他生前未发表的作品《我的文学奖》一问世，便登上了畅销书排行榜首位，之前，曾在《法兰克福汇报》上连载。

伯恩哈德离开这个世界已经 30 多年了，但是他的感悟、他的观点仍然能触动我们，令我们关注，他的确是一位属于未来的作家。

马文韬
2009 年春于芙蓉里
2023 年春修改

总　　统

在这丧失尊严的屈辱时代之后是几个世纪的

残酷暴虐和无政府主义……

所有公民都变成谋害者或者被谋害者，刽子手

或者被斩首者，

压榨者或者奴隶，以上帝的名义或者为了

寻找救世主……

——伏尔泰

人　物

总统

总统夫人

上校

女演员

弗吕利希太太

按摩师

女仆

侍者

大使

殓尸工

军官们

政府官员

外交使节

民众

第一、二、五场在总统府

第三、四场在埃斯托里尔（葡萄牙）

第一场

[卧室，早晨九点

两张梳妆台

右边那张旁边放着盛狗用的筐子，空着

两个立式衣帽架，沙发椅，安乐椅

通向卫生间的门开着

传出洗澡发出的水声

总统夫人着晨装坐在右边梳妆台前

弗吕利希太太着丧服上场，为正在沐浴的

总统拿来一大堆黑色服装；她将其放在左

边梳妆台旁的沙发椅上，把一顶礼帽挂到

衣帽架上，下场

总统夫人　[望着她的背影

野心

仇恨

无非就是这样

[弗吕利希太太为总统夫人拿来一大包黑

色连衣裙，放在右边梳妆台旁的沙发椅上，

然后把一条黑纱巾挂到衣帽架上

总统夫人猛然跳了起来，夺过来一件黑连

27

衣裙

领口太高

领口太高

[举起连衣裙在镜子前比量着

这种样式早就不时兴了

这种样式早就不时兴了弗吕利希太太

[把连衣裙扔在地上，命令地

把它捡起来

给我捡起来

[弗吕利希太太捡起连衣裙

总统夫人瞧着黑纱巾

不时兴了

领口太小的连衣裙过时了

[瞧着空空的狗筐

弗吕利希太太我不要开领太小的连衣裙

[卫生间传出澡盆里的水声

总统咳嗽声

弗吕利希太太和总统夫人望着卫生间门

弗吕利希太太　可这是您最喜欢的连衣裙啊

总统夫人　那一枪本来会击中脑袋的

[从弗吕利希太太双手里一把将连衣裙拿

过来

那一枪本来会击中脑袋的

朝头部开的枪弗吕利希太太

埋伏在暗地里

致命的一枪啊

朝头部开的枪弗吕利希太太

[拿连衣裙在自己身上比量着

是的这是我最喜欢的连衣裙

但这样式已经过时了

朝头部开的枪

朝头部开的枪弗吕利希太太

这件连衣裙是我在巴黎买的

当时和我儿子在一起

[将连衣裙紧贴着身子比量着

在巴黎春天百货

弗吕利希太太

为参加我弟弟

儿子舅舅的葬礼

三年前

当时演出了《卡门》

我丈夫最欣赏的一部歌剧

[朝卫生间的门望着

无政府主义者

无处不在

弗吕利希太太

他们肆无忌惮

弗吕利希太太肆无忌惮

[把连衣裙扔到地上

他们现在

有计划有步骤地行动

神父说

都是些神经不正常的人

他们仇恨我的丈夫弗吕利希太太

您看见他们写的东西了吗

总统必须滚开

他们写道

总统必须滚开

[卫生间传出洗澡水的响声

这个国家什么时候

曾有过这样一位总统

像我丈夫这样一位好总统

没有

从来就没有过

[弗吕利希太太从地上捡起连衣裙

这种连衣裙早就不时兴了

给我把那件有四个扣子的拿来

[弗吕利希太太迟疑未动

去拿呀

还等什么呢

快给我去拿去

[弗吕利希太太拿着领口小的连衣裙下

总统夫人朝她身后喊着

那件有四个扣子的

听见了吗

[洗澡水的响声

有四个扣子的那件

弗吕利希太太

如果门铃响

就是新上任的上校来啦

[对自己说

不幸

真是太不幸了

[喊着

31

别忘了拿浴巾

让按摩师上来

但要看通行证

弗吕利希太太

持有通行证才放行

[洗澡水的响声

总统夫人坐下来，照着镜子

头部中弹

很可能就是瞄准脑袋开的枪

我们真的不应该

去看什么无名士兵纪念碑

可不要再去无名士兵纪念碑那个地方了

[朝卫生间喊

听见了吗不要再到无名士兵纪念碑那儿了

[洗澡水的响声

不定哪一回他们的枪就打中了

[朝镜子里看

不是他

不是我们的儿子

[朝卫生间大声说

伤口还流血吗

是不是伤口还流血呀

[洗澡水的响声

她的儿子

与无政府主义者

站到了一起

那是自然而然的事情

[朝卫生间大声说

你在墓前的演说

新来的上校已经给你写好了

你在听我说吗

比他前任起草的要短一些

[对自己

不要往无名士兵纪念碑那儿去

神父几年前就说过

他终有一天

会突然地

与无政府主义者结盟

[吐舌头，对镜子里的自己说

举行完葬礼

你要把自己关在家里

背台词准备你的角色

明白吗

你要表演得

跟你一向所表演的一样

[朝卫生间里大声说

圣诞节演出的票

已经发出去了

四百五十张

纯收入全归那些脑残者和弱智者

[照镜子

不是他

神父说

他们反对的是那些大人物

反对的是

那些掌权的人

你是掌权的

听见了吗

大权在握

[照镜子

大权在握

[从抽屉里拿出梳子梳头

我的儿子

[洗澡水的响声

他的确是在国外

在罗马

[朝卫生间大声说

在国外

听见了吗

他在大学里学考古

[往镜子里看，吐舌头

研究出土文物

几千年前的东西

艺术品

骨头架子

[吐舌头，然后说

离开我们走了

一天夜里突然就失踪了

一句话也没说

什么也没有带

他到无政府主义者那里了

[朝卫生间里大声说

没有证据

证明他与无政府主义者为伍了

［照镜子

学考古的

搞自然科学的

而且是考古学

［洗澡水的响声

半夜里走掉了

一声没吭

就这么走了

把一切都抛弃了

扔下不管了

［扔掉梳子

朝卫生间里大声说

他怎么会朝我们开枪

他在罗马呀

你记得吗

我们在罗马

给他买了古罗马政治家塔西佗的书

［照镜子

买了德国考古学家施利曼的书

［继续梳着头

这孩子

[朝卫生间里大声说

怎么就认识了

那个作家

一下子就落到了

他的手中

我一向就不相信

这个人

[照镜子

就是这儿

从无名士兵纪念碑前的

灌木丛里

可他在罗马呀

[扔掉木梳，朝镜子里看着

那些知识分子

利用有天分但无经验的青年人

神父说

煽动他们

甚至反对他们的父母

[弗吕利希太太拿着一件有四个扣子的连衣

裙上

没有一天不死人的

两周里举行了八次葬礼

弗吕利希太太

[按摩师跟在弗吕利希太太后边上，站在那里

总统夫人对按摩师说

我的丈夫已经在等着您啦

您进去吧

[按摩师向总统夫人微鞠一躬，走进卫生间

总统夫人对弗吕利希太太

把连衣裙拿来给我看看

您把它给我

[检查着钉有四个扣子的连衣裙

是您

打的褶吗

把它放下

放到沙发椅上

那把沙发椅子

那儿

[弗吕利希太太把它放到沙发椅上

是您

打的褶吗

两道褶儿

［弗吕利希太太把连衣裙给她

总统夫人检查着连衣裙

两道褶儿

［抻裙摆镶边

得把镶边抻一抻

要抻抻镶边弗吕利希太太

抻一抻

轻轻地别太使劲

抻一抻

抻一抻

［突然地

您的儿子

也是无政府主义者吗

我问您弗吕利希太太

他是无政府主义者吗

您倒是说呀

您的儿子

是不是无政府主义者弗吕利希太太

您倒是说呀

［给她连衣裙

弗吕利希太太仔细地将连衣裙放到沙发椅上

39

面对这样一些

脑子里只有杀戮的

不正常不健全的人弗吕利希太太

怎能不让人心惊胆战呢

恐惧

您懂吗

[片刻停顿

终有一天我会赶上您的

那时我的脸

也像您的一样老态

灰土土的没有光泽

但是您这张脸

二十年前就是这副样子

经过这么多年

硬是没有变化

如果一个人的脸始终是这样老态没有光泽

那么时间的流逝

就没有留下任何痕迹

时间过去了这一张脸却没有受到任何影响

如果是这样那我可就追赶上您了

现在进展得很快弗吕利希太太

现在他们发起了进攻

现在他们在消灭我们

于是我们俩的面孔

就一模一样的苍白了

上校必然得死

他们没有击中我的丈夫

假如他们击中了我的丈夫

那么上校就躲过一劫

但是上校死了

上校获得了国葬的荣耀

所有政府机关大楼都挂了国旗

弗吕利希太太

还鸣枪放炮弗吕利希太太

[弗吕利希太太下

总统夫人朝她身后大声说

您儿子一向

聪颖过人

弗吕利希太太

[照镜子

卫生间传出洗澡水的响声

描画着左眼皮

41

这样

[描画着右眼皮

这样

睡醒觉

起了床

成为总统夫人

总统夫人

[梳头

总统夫人

于是我们的脸都是一样的

苍白

[往脸上涂胭脂

进入总统夫人的角色

[从卫生间传出总统唉声叹气的声音

总统夫人朝卫生间里看着

我丈夫

受到了惊吓

惊吓

四个星期里

发生了三次企图行刺的事件

但是他就是喜欢去无名士兵纪念碑那里

[照镜子

总统夫人

[仰身靠在沙发椅背上并且笑了起来

总统夫人

[忽然静默不语，朝空狗筐里看着

与狗谈话

你看见了吗

[继续化妆

红色

灰色

黑色

再描红色

灰色

我们每天做的都是这一套

我的宝贝

我们起床

我们洗漱

我们穿衣服

然后吃早点

[朝空狗筐里看着

再描红色

再描黑色

[朝空狗筐里看着

我们犯了一个错误

我们不应该

到无名士兵纪念碑那里去

这些让人心惊胆战的人

你得到了

你想要的

不是吗

[在脸上描画着，梳着头发

你想要的

总　　统　　[从卫生间里对外面说

　　　　　　你在跟谁说话呢

总统夫人　　[仿佛在梳妆台下寻找什么

　　　　　　跟它

　　　　　　跟它

　　　　　　[向着空狗筐里

　　　　　　跟你

总　　统　　[对按摩师说

　　　　　　她在跟狗说话

　　　　　　我太太

在和狗说话

可那狗已经不存在了

这样好

呵呵

[笑了起来

总统夫人　[朝着空狗筐里

发疯了

再涂点红

涂点黑

[朝着空狗筐里

杀死

无辜的生命

杀死

[脸贴近镜子

杀死

无辜的生命

[朝空狗筐里看

杀死了你

[突然又照镜子

如果是他干的

[望着卫生间的门

我们的儿子

［弗吕利希太太上场，为总统取来多条浴巾

新闻

关于行刺事件

报纸上

有新的报道

［弗吕利希太太拿着浴巾走进卫生间

总统夫人照镜子

这些家伙还逍遥法外

他们还没有

被抓住

没有抓住他们

身为警察

竟没有能力

保护总统

［总统咳嗽

总统夫人突然朝卫生间大声说

离开

你得离开

你得离开几个星期

［弗吕利希太太从卫生间出来

46

弗吕利希太太

天气预报怎么说的

[弗吕利希太太想说什么

不

什么也别说

仍然没有变化

灰蒙蒙

阴沉沉

[朝镜子里看

送葬

每个人骨子里都是无政府主义者

弗吕利希太太

[总统咳嗽

嫌疑

落在了您儿子头上

您儿子有嫌疑

弗吕利希太太

[弗吕利希太太下

总统夫人瞧着她的背影

有嫌疑

[朝镜子里看

好像我们

只有敌人似的

[总统咳嗽

每个人

都是无政府主义者

神父说

每个人都是无政府主义者

[总统咳嗽

如果是他

不不是他

[梳头

弗吕利希太太拿来一双黑色的鞋放到梳妆

台旁

没有证据

没有

一个证据也没有弗吕利希太太

[弗吕利希太太下

总统夫人对自己

我看得

很清楚

他的脸

在灌木丛中

在梦中

[往脸上扑粉

朝卫生间大声说

我们的儿子无政府主义者

可笑

[弗吕利希太太拿来黑袜子

总统夫人让人穿左脚的袜子

受到监视

因为我们娇惯了他

弗吕利希太太

他拥有一切

我们由着他的性子来

到头来我们受制于他

但是神父说

他不是一个堕落的人

[伸直左腿，让弗吕利希太太比较容易地

为她穿左脚的长袜

他的脸

我看得很清楚弗吕利希太太

我好几次看到

他的脸

和无名士兵纪念碑

然后便发生了枪击

您想想看

要是我丈夫应声倒地

[弗吕利希太太为她穿右脚的长袜

总统夫人伸直右腿，以便弗吕利希太太能比

较容易地给她穿上袜子

我们的儿子无政府主义者

可笑

因为几十年来

神父说

在我们家里

总是有可疑的乱七八糟的人

进进出出弗吕利希太太

这里来往的总是那些最危险的人

[朝空狗筐里看着

如果是他

但是不是他

[总统咳嗽

总统夫人对弗吕利希太太

给我梳头吧

[弗吕利希太太给她梳头

总统夫人朝空狗筐里看着

可怜的动物

它招谁惹谁了

这可怜的小家伙

神父说

无政府主义者都是些疯子

[对着卫生间大声说

这是什么卫队

这是什么卫队

[收回右腿

弗吕利希太太站起来

总统夫人朝空狗筐里看着

你呀

可怜的小家伙

我已经习惯了你在我身边

十七年了

待在这筐里弗吕利希太太

我的小可怜

我的小宝贝

无政府主义者夺走了

我们的一切

一切

他们突然

从隐蔽处弗吕利希太太

夺走了你的性命

[总统咳嗽

总统夫人朝空狗筐里看着

将你

杀死

[照镜子

警察是干什么吃的

竟然对付不了这帮家伙

[卫生间突然传出洗澡水声

刽子手

[盯着弗吕利希的脸

刽子手

刽子手

[弗吕利希太太下

总统夫人注视着空狗筐

你一直就是这个样子

心太软

没有像这样心软的

[总统咳嗽

总统夫人照镜子

这种状况

[靠近镜子照着

这种状况

这种状况

[弗吕利希太太拿着一幅很大的狗的画像走

进来

把它放在那里

[指着梳妆台

那里

[弗吕利希太太将画像放在梳妆台上

总统夫人注望着空狗筐,拿起狗的画像

这家伙多漂亮

您看这眼睛

弗吕利希太太

他们卑鄙地

把它击毙

躲在暗处

［转向弗吕利希太太

子弹

那第二颗子弹弗吕利希太太

本是给我预备的

怎么就让这狗摊上了呢

［发现弗吕利希太太穿上了黑色衣服

黑色

您穿黑的

弗吕利希太太

立刻脱下您的黑连衣裙

您不能

您不能弗吕利希太太

您不能穿黑的

您没有这个权利

穿黑的

立刻脱下您的黑连衣裙

［总统咳嗽

您没有权利这么做

［弗吕利希太太下

总统夫人朝她身后大声说

您不可以弗吕利希太太

[照镜子

我穿黑的

我们穿黑的

您不可以

总　统　没有没有

上校没有遭受痛苦

第一枪就击中了

他的要害

按摩师　现在总统先生

请转过身来按摩另一侧

这样

好就这样总统先生

总统夫人　上校没有遭受痛苦

我要离开

离开

离开

到山里去

到深山里去

总　统　[对按摩师

我太太

要到深山里去

我本人则去葡萄牙

待几天

到埃斯托里尔

总统夫人　［朝空狗筐里看着

谁知道

那些无政府主义者脑子里想些什么

屠杀无辜的生命

［极其厌恶地

屠杀

［总统咳嗽

总统夫人梳头，照镜子

葬礼之后

我要和神父

立即着手排戏准备演出

总　统　［对按摩师

我太太

已经宣布

在神父的圣诞剧中

扮演主要角色

她是真对戏剧

感兴趣

这出戏

会吸引她的注意力

让她不要总想那行刺事件

总而言之这出戏

适合转移我太太的视线

让她平静度过这阴沉沉的季节

总统夫人 ［凝视着镜子里的自己

说我害怕

害怕

［吐舌头

救助

救助

［朝空狗筐里看着

第三天

夺走了

我们心爱的

击毙

打死

总　统 ［对按摩师

疯子

这些人都是疯子

我太太做了个梦

在梦中她看见

我们的儿子

朝我们射击

您想想看

我们的儿子

埋伏在隐蔽处

向我们射击

这个非常敏感的人

总统夫人　[听着她丈夫讲话

这个非常敏感的人

总　统　这个受过良好教育的人

总统夫人　受过良好教育的人

[突然朝卫生间大声说

把那个空筐拿走

[瞧着那空空的狗筐

把盛狗筐拿走

我不要再看到它

把筐子扔出去

[弗吕利希太太身穿红色连衣裙走进来

总统夫人对她说

我不要这个筐在这儿

这个盛狗的筐拿走它

把盛狗的筐给我拿走

拿出去

扔出去

扔出去

[弗吕利希太太要把狗筐拿走

不不要拿走

不要

不要拿走它

我疯了

我疯了

让狗筐留在那儿

不要动它

放在那儿

别拿走

[弗吕利希太太放下狗筐

只要筐子还在这里

[突然对弗吕利希太太说

把筐里的垫子铺好

铺好垫子

59

听见了吗

铺好垫子

铺好垫子

[弗吕利希太太铺好筐里的垫子

总统夫人注视她铺垫子的情形

铺好垫子

铺好垫子

[总统咳嗽

总统夫人对弗吕利希太太说

每天都要把垫子铺好

狗筐里的垫子

每一天

每一天都要把它铺好听见了吗

要弄暄腾

要有弹性

弗吕利希太太

要把垫子拍打松软

[弗吕利希太太拍打垫子

让它松动柔软

这样

现在

60

[弗吕利希太太后退

总统咳嗽

垫子

要拍打得又松又软

它喜欢这样

暄腾

松软

暄腾弗吕利希太太

[示意弗吕利希太太可以走了

弗吕利希太太欲走

不

您别走

这还有一道褶儿

[指着狗筐里边

有一道褶儿

一道褶儿弗吕利希太太

[弗吕利希太太把狗筐里的褶儿抚平

要平坦

非常平坦

它喜欢垫子平坦

[弗吕利希太太起身欲走

总统夫人冲着她说

永远别再

提起它

永远也别说

不要说任何关于它的事

一个字也不要提

[总统咳嗽

总统夫人望着卫生间的门，然后说

一个字也不要提

给它把垫子铺得松软这个要做

但别提到任何关于它的什么

关于它什么都别说

您懂吗

我们让狗筐放在这里

懂吗

我们把垫子铺得松软

我们让狗筐放在这里

[突然发现弗吕利希太太穿着一件红色连
衣裙

红色

一件红色连衣裙

［笑起来

一件红色连衣裙

［直接冲着弗吕利希太太

这样做很卑鄙

［又在化妆

弗吕利希太太下

总统咳嗽

没有人理解

他们不懂得

［对弗吕利希太太

这些人

什么都不懂

脑子里只有

卑鄙

野心

仇恨

除此之外还能有什么

［望着空狗筐

我能看到你

［俯身看着空狗筐

我的宝贝

63

我能看见你

[突然轻轻地说

我们永远

在一起

你懂吗

永远

[站起来又弄弄狗筐里的铺垫

这样

这样就对了

[又坐到梳妆台旁,然后立刻朝空狗筐看去

你和上校

现在对无政府主义者

采取了断然措施

[总统咳嗽

断然措施

[总统和按摩师大笑起来

总统夫人望着卫生间的门

断然措施

[总统和按摩师笑起来

他们必须

为他们的行为付出代价

[弗吕利希太太拿一大堆信件进来，把它们

全放到梳妆台上

这些信件

都检查过了吗

都拆开了吗

弗吕利希太太

您都拆开

检查过了吗

无政府主义者把炸弹

放在信里弗吕利希太太

打开这种信件的人

或者双手被炸掉

或者整个人被炸烂

弗吕利希太太

[注视着那些信，问道

所有的信件

弗吕利希太太　　所有的信件

　　总统夫人　　全部邮件

弗吕利希太太　　全部邮件

[总统和按摩师大笑起来

总统夫人和弗吕利希太太转脸朝卫生间的

门看去

总统夫人　每逢为我丈夫按摩

按摩师都给他讲许多

笑话

笑话

［总统和按摩师大笑起来

总统夫人拿起一封信

像我丈夫这样的男人

随时都有思想准备

防范针对他的行刺

［总统和按摩师大笑起来

按摩师

为我丈夫按摩

有二十一年了

您还没来我们这儿

按摩师就在这儿了

［把信扔在一边

虚伪

弗吕利希太太一切都是虚伪

［又拿起一封信，然后又丢在一边

财政部长

巴结我的丈夫

利用我丈夫

[又拿起一封信，读着

这些人在信里谈什么贫穷

但他们并不知道

什么是贫穷

我可知道贫穷是怎么回事

我丈夫也知道

总统知道

什么是贫穷

[总统和按摩师笑起来

总统夫人把信扔掉

我们知道

贫穷是什么滋味

我丈夫

是从最底层

上来的弗吕利希太太

所有这些请愿的文章

乞讨的信件

都不值一读

都应该扔到垃圾堆里

67

［第四次拿起一封信，读着

总统笑起来

上校夫人

请求

让他的孩子

进军事学院

把她五个儿子

全都送军事学院培养

［将信放到梳妆台上，突然对弗吕利希太

太说

您把黑袖箍放哪儿了

您把它熨烫好了吗

［弗吕利希太太走出去，取回来一个黑袖箍

我丈夫

参加葬礼

只戴黑袖箍

［弗吕利希太太把黑袖箍挂在沙发椅左边靠

背上，站在一旁

只差一公分

否则的话

总统定死无疑

给我梳头

[弗吕利希太太为总统夫人梳头

每当我们站在那里

朝下边观望

心里都不曾有任何不祥的感觉

我们经常这样站在那里

朝下边观望

突然

和我们亲近的一个人

神父说

死亡

使生命

得以圆满

[向空狗筐望去

土葬

还是火葬

土葬

还是火葬

[突然朝卫生间大声说

按摩师先生

别让血液涌到脑袋上

〔对自己

按摩师先生

按摩师　我给总统先生按摩

非常小心

总统先生的

头部

已不再流血了

总统夫人　不再流血了

按摩师　这次按摩我非常非常小心

总统夫人　〔头几乎触到了梳妆台，对弗吕利希太太

您看

如果我的头部

几乎触到了梳妆台

这样的姿势

让我感到疼痛

〔头抬起来

因为我常常

就这样低着头

数小时站在墓穴旁

〔弗吕利希太太按摩总统夫人的颈部和肩部

轻轻地

70

弗吕利希太太从颈部

往下进入肩膀

我儿子

恨他爸爸

神父说

如果我们的头脑不锻炼

它就会衰退

他是一个叛逆者

几乎

被逐出教会

弗吕利希太太

他们杀害了多少人哪

开始

是内政部长

然后是外交部长

然后是首相

然后是国内新闻社

社长

然后是《晚邮报》的记者

然后是

让我想想

然后是歌剧院院长

他们终于得手击毙了银行行长默尔茨

默尔茨之后是洪西斯

洪西斯之后是陶斯

陶斯之后是米尔纳

米尔纳之后是黑尔姆赖希

黑尔姆赖希之后是弗里德里希

弗里德里希之后是瓦尔纳

瓦尔纳之后是彼得

弗吕利希太太他们已经杀害了十九个

在上校之前

他们刺杀了谁

您说说看

在上校之前

[总统咳嗽

总统和按摩师大笑起来

他们在上校之前刺杀了谁呢

他们在刺杀上校的两天前

刺杀了铁路局局长

铁路局局长

[朝空狗筐里看着

还有你

我的宝贝

这一切

神父说

已经计划了许多年

从大学开始

高等学校是无政府主义的滋生地弗吕利希太太

突然之间就逮捕了

数百名大学生

随后又抓了数百名

他们闹事

闹事弗吕利希太太

排着队向总统府行进

您弄疼了我

要注意

向总统府

行进

[指窗户

我从窗户那里看到他们朝这边走来

先是几百人

然后增加到几千人

浩浩荡荡涌了过来

于是动用了武力

武力解决

在被捕的人中

有我的儿子

神父和他谈了话

他确实是到美国去了

我们亲自送他上了飞机

可是他从美国又返回了欧洲

在美国只待了六个星期

在巴黎有人看见了他

[总统和按摩师大笑起来

然后去了罗马

因为他是学考古的弗吕利希太太

他写了一本书

他比他老师有学问

他在考古学科的专业水平

他的老师也望尘莫及

[朝空狗筐里看着，然后转向窗户

群众

群众朝总统府

涌过来

站在窗帘后边我看到

群众潮水般涌了过来

他们朝我们窗户扔石块儿

许多人被处死了弗吕利希太太

被处死了

然后局势平静了下来

消停了很长时间

但是一年来

他们又开始了

他们这次不上街游行了弗吕利希太太

他们改炸大楼了

杀害了许多重要人物

他们杀死了对这个国家至关重要的人

都是某个方面的专家和领军人物

弗吕利希太太

为所欲为有恃无恐

神父说这种态势还会持续一段时间

然后总统就又要动手了

[朝卫生间门望去

我丈夫要动手了

75

[弗吕利希太太为总统夫人梳头

他决不会发善心

弗吕利希太太

到时候您看吧每天都要制裁数百人

判他们死刑

弗吕利希太太

这些畜生弗吕利希太太

他们在消灭这个美丽和平的国家

他们蓄意毁坏这个国家

蓄意毁坏

蓄意毁坏

[朝空狗筐里看着

杀害无辜

杀戮

谋害

也许

这些恐怖分子会安静下来

不这些恐怖分子不会就此罢休

神父说

一切还要恶化

恐怖分子会更加肆无忌惮

更加肆无忌惮弗吕利希太太

人们越来越焦虑不安

和恐惧

您不害怕恐怖分子吗

您不害怕他们跟踪您

您以为您打开一本书来读

却立即被炸得血肉横飞

您难道不害怕吗

大家都害怕

所有的人

所有的人

在这个国家里到处人心惶惶提心吊胆

教会在安慰人们

但它没有能力

教会实际上

与任何人都没有关联了

与这一些人

和那一些人

都没有沟通的能力

教会是寄生虫

只会不劳而获弗吕利希太太

我知道教会的一切

神父对我什么都不隐瞒

教会本身也是一塌糊涂弗吕利希太太

腐败

野心

仇恨弗吕利希太太

别无其他

[瞧着那些黑连衣裙

我们大家好长时间

天天要穿黑色衣服穿丧服

但是您自己并没有失去亲人

一个都没有

您没什么可哀悼的弗吕利希太太

您这身打扮

一方面似乎显得卑劣

另一方面您穿的对您很合适

很好

红色很好

又红又长

[瞧她的脚踝

下摆到了您的脚踝

78

红红的

简直难以设想

这件连衣裙曾经是我的衣服

我的

您想想看弗吕利希太太

这件红色的长连衣裙曾经是我的

我经常穿着它

如果我不知道这一切

肯定会以为您竟如此癫狂

穿着这样一件连衣裙

从上到下一片红弗吕利希太太

简直难以置信

厚颜无耻

但是是我送给您的这件衣服

是我强加于您的

对没错就是我强加于您的

强加于您的

是我命令您穿上它的

您于是穿上了它

当然是苦不堪言

非常难受

当时您还年轻

您还不像现在这样脸色发灰

您这种脸色也有二十年了

也就是说这衣服是我二十年前送给您的

您记得吗

强加于您的

从衣柜里取出来

扔在了地上

[指着地上

弗吕利希太太扔在那里

您看到了吗

您把它捡了起来

穿在身上

没有任何怨言

[总统和按摩师大笑起来

实际上我丈夫心里害怕

十分害怕弗吕利希太太

但他不表现出来

而我们表现了出来

您也害怕

也表现出来

尽管您也知道

您不必害怕

他不表示出来

不过他自己或者让人转移他的心绪

比如严格遵守时间准时按摩

比如在总统府里散步

同时思考些问题

或者他读他的梅特涅 [1]

他只读梅特涅

梅特涅

梅特涅弗吕利希太太

或者他和上校坐在那里下棋

[笑起来

和上校

上校已感觉不到任何痛苦了

[对弗吕利希太太，亲密无间地

请您相信我

上校的死他最伤心

他们俩牢牢地拴在一起了

1　克莱门斯·冯·梅特涅（Klemens von Metternich，1773—1859），奥地利政治家，奥地利帝国外交大臣和首相。——译者注，全书下同

不仅一起下棋弗吕利希太太

不仅一起下棋

时间把一个人最喜欢的人

从心里给夺走了

[朝空狗筐里看

肆无忌惮

冷酷残忍

在葬礼后

在葬礼后我没有

马上准备我戏里的角色

没有马上去练习台词弗吕利希太太

我让人立刻带我去法医所

[朝空狗筐里看

我想再看看它

然后我得决定

是火葬

还是土葬

[认真看着弗吕利希太太的脸

总统和按摩师大笑起来

您怎么看

您说说

您要说说您的看法

[弗吕利希太太退后一步

您在折磨我

您在这儿

只是为了折磨我

像您这样一些人唯一的任务

就是折磨别人

这种人的每一个都像您一样

都有一个人

被他折磨

您折磨我

您倒是说点什么呀

您说嘛

您说呀

弗吕利希太太

我命令您

[朝空狗筐里看

火葬

我将为它举行火葬

[直接冲着弗吕利希太太说

我得再去看它一次

您仇恨这个动物

您总是仇恨它

恨得很厉害弗吕利希太太

恨得无以复加

恨得咬牙切齿

您知道为什么吗

您忌妒

现在

它死了

这可怜的动物没了死了

您仍然仇恨它

您的仇恨

野心

仇恨

不就是这样吗

每逢您喂它食物

您恨它

每逢您带它下楼时

您恨它

每逢您为它系紧皮带

您恨它

每逢您得为它拍打床垫时

您恨它

野心

仇恨

不就是这样吗

[总统和按摩师大笑起来

我丈夫

也恨这动物

但是这是另一种恨

另一种恨您知道吗

不是您那种仇恨

现在它死了

他不再理会它了

他感到奇怪

我仍然还经常跟它谈话

[朝空狗筐里看

而这狗已经根本不存在了

没了

死了

这让我的丈夫好生奇怪

[总统大声笑起来

自言自语自己跟自己谈话

我早就有这个习惯

和这狗

我可不是自言自语弗吕利希太太

我在和它说话

我和它无所不谈一切都与它商量

我们不是一起什么都商谈了吗

无论做什么

首先我问它

要做点什么呢

问它

首先

它是我最高的权威

[朝空狗筐里看

我没有做什么事情

不事先问过它的

不幸啊弗吕利希太太

我丈夫总是去问上校

而我问它

我的丈夫有上校

我有它

我丈夫的第一权威是上校

[朝空狗筐里看

而我的权威自始至终

是我的狗

[朝卫生间门看

现在他们把我们两个人的权威给夺走了

枪杀了

[直接对弗吕利希太太说

我突然在它的眼睛里看到

它死了

心力衰竭弗吕利希太太

心力衰竭

在子弹击中上校时

这动物突发心力衰竭而停止了呼吸

那双探询的眼睛弗吕利希太太一动不动地

看着你

当时我把它抛开

抛开

让它弗吕利希太太

落到地上

它摔到了地上

［朝镜子里看

我弄不懂

那时我丈夫早就离开了

那时恐怖主义者

这些无政府主义者弗吕利希太太也走了

我孤零零一人站在那儿

俯身朝它望着

但我丈夫一定要到无名士兵纪念碑去

这是他每天必做的一件事

到那里去散步

和我一起

和我们一起

但每次都应该走一条新路

神父说

不能重复

每天

总在同一时间

我们没有认识到会有危险

当时我丈夫看到在无名士兵纪念碑上

有一只燕子

正当他指鸟给我看

举起手杖

举起手杖指鸟给我看弗吕利希太太

正是这个动作救了他的命

假若他没有举起手杖指向无名士兵纪念碑

那他就成了牺牲品

眨眼之间弗吕利希太太

眨眼之间

第二枪射空了

也许恐怖主义者也害怕了

他们没有一枪就击中总统

[朝空狗筐里看

嫌疑

落在了您儿子身上

弗吕利希太太

[直面弗吕利希太太

您儿子的确在大学里注册了

不是吗

不是吗弗吕利希太太

[总统和按摩师大笑起来

一个国家

充满了恐惧弗吕利希太太

［朝卫生间门看

野心

仇恨

还能是什么

［幕落

90

第二场

[总统夫人坐在梳妆台旁，头上蒙着纱巾，

弗吕利希太太在其身后

总统夫人　我看着

但别人看不到我

我能看见一切

我看见我自己

看见自己弗吕利希太太

在镜子里

看到自己

我也看到了您

您站在我身后

一张总是苍白的脸

不久我就赶上您了

弗吕利希太太我们就一样了

[转脸朝着卫生间

总统和按摩师大笑起来

这种笑

我一向很厌恶

[对自己说

这个人的一切

总是使我厌恶

一切

您懂吗弗吕利希太太

一切

因为我恨他

因为他让我厌恶

野心

仇恨

就是这么回事

他是那些无政府主义者的袭击目标

但是他们从未得手

至今没有

听见我说了吗弗吕利希太太

[总统和按摩师大笑起来

至今还没有

假若他们得逞那时就只剩下我了

那我就是总统遗孀

我思忖着

谁是下一个

是宪法法院院长

是外交部长

也许是新任外交部长

或者是新任内政部长

不久在这个国家里

就不再有睿智杰出的人了

神父说

您听我告诉您弗吕利希太太

大主教由自己的一个武装卫队保护着

大主教也不

在庭院里散步了

他龟缩在房间里

不敢出来

他也害怕

他们都害怕

都害怕您听见了吗

原先他们并不害怕

可是现在所有教会显贵们都害怕

也许大主教就是下一个

无政府主义者制定了详细计划

您消灭了这一些弗吕利希太太

另一些又行动起来

直至他们达到了目的为止

[直接对弗吕利希太太

嫌疑落到了您儿子的头上

学哲学的大学生

是最危险的人

神父说

还有神学大学生

哲学和神学

是毒药

毒害国家

他们杀死我们

也就害死了这个国家

[总统和按摩师大声笑起来

自由得

太过分了

神父说

放松了缰绳

就意味着无政府弗吕利希太太

[朝镜子里看，脸贴近镜子

我看见自己

但是别人看不见弗吕利希太太

我一向支持的艺术家

画家雕塑家

诗人弗吕利希太太

音乐会的乐师

他们全都不知恩图报

对艺术的资助毫无意义

帮助艺术家那才叫

愚蠢

艺术家就欠拿脚去踢他们

神父说

践踏他们

去践踏

艺术家和艺术弗吕利希太太

[稍停

这样

那位教授本该这样画我

这样

这样弗吕利希太太

[一把扯掉头上戴的纱巾

不是这样

[直接冲着弗吕利希

不是这样

[将纱巾扔到地上

总统大笑起来

总统夫人命令弗吕利希太太

捡起来

把纱巾捡起来

[弗吕利希太太捡起纱巾

您要了这纱巾吧

您把纱巾拿去吧

[弗吕利希太太蒙上纱巾

总统夫人笑起来，突然大声说

您没有权利

戴这纱巾

您没有权利这样做

没有权利

把纱巾给我拿下来

把纱巾拿下来

拿下来

快取下来

[弗吕利希太太取下纱巾

您必须露出您的真面目弗吕利希太太

［指立式衣帽架

放到那儿

挂到那上面

［弗吕利希太太把纱巾挂到衣帽架上

总统夫人命令

给我梳头

［总统和按摩师大笑起来

总统夫人望着卫生间的门

这笑声

这个人总是笑

他总是笑

［朝空狗筐里看着

我们恨过他

他恨过我们

我们恨过他

野心

仇恨

就是一切

［弗吕利希太太为总统夫人梳头

您的气味是那种让我

想起贫穷的气味

但您的呼吸让人对您

产生信任感弗吕利希太太

均匀

引起人的信赖

然后却又特别不均匀

急匆匆地

我不知道

您心中在想什么

掌控身体和头脑

神父说

把对身体和头脑的约束

上升为哲学

您懂吗

[激昂慷慨地

神父约束头脑之高见

让我钦佩之至

神父说

教会里的人

头脑都是无政府主义的

我丈夫

就不相信教会

神父说

肩膀上

长着的是一个思考一切的头脑

肩膀上

长着的是一个分析一切的头脑

他是一个叛逆者

几乎可以说

是被逐出教会的人

原本我是反对神父的

对他完全没有好感

只有他的法语知识

让我羡慕

每当他给我讲左拉讲福楼拜

[朝空狗筐里看着

甚至于它也被吸引住了

我身旁这动物

也专心倾听

神父还讲歌德您在听我说吗

马塞尔·普鲁斯特

甚至还有伏尔泰

并且大讲特讲

伏尔泰

伏尔泰

如果他

伏尔泰

在花园门口遇到他的驴子

在他费尔内的庄园弗吕利希太太

在花园门口遇到他的驴子

他就谦卑地说

我求您了您请先行总统先生

[弗吕利希太太大笑起来

总统夫人斥责她

您给我安静

您没有权利

对此发笑

您没有权利

您给我听清楚了

伏尔泰

在花园门口遇到他的驴子时

对它说

您请先行我的总统先生

神父的语音语调

100

尤其当他读伏尔泰时

非同寻常

出神入化

他拒绝了到索邦讲学的邀请

那是著名的巴黎大学呀

为了我的缘故弗吕利希太太

［弗吕利希太太按摩总统夫人的颈项

根据医学法则

温度

很容易

上升到头部

很容易

［突然又讲起神父

您想想看

他妈妈在他

三岁时

将他赶出家门

赶出家门

在鹿特丹一条渔船上

养父母把他放在吊床上

他的亲生母亲把他

扔给了穷得叮当响的人家

但是只有这样

从最底层做起

一个人一生才能干出点名堂来

那些智力非凡的杰出人物

都是从穷困中打拼出来的

经过如此这般悲惨的童年

有朝一日才会成为天才人物弗吕利希太太

神父把马塞尔·普鲁斯特这个名字说得妙

　　　不可言

听起来就像"按摩乳房"[1]

也是太有才了

穷困悲惨的童年

是极大的一笔财富弗吕利希太太

这话也是神父说的

他每天至少说出

一两句不同凡响的话

但如果他不把这些

意义深刻的句子

1　马塞尔·普鲁斯特（Marcel Proust）这个名字几乎和德语"按摩乳房"（massiere Brust）的发音相同。

写下来

它们就丢失了

假如神父什么也不记载下来

弗吕利希太太

历史的损失可就大发了

他说晚些时候

他将记载一切

他觉得重要的

值得记载的事情

晚些时候

这个时刻还没有到来

而我努力

将他说的

记录下来

但我正在失去这些笔记

神父说天才

来自最底层

法国数学家物理学家和哲学家帕斯卡说

存在本身就够了

[突然发号施令

现在该轮到腿了

您要按摩我的腿

[伸出右腿

弗吕利希太太按摩她的右腿

一个人得有

像神父那样的知识

他对世界各地了如指掌

世界各地弗吕利希太太

才能如此不同寻常地

思考

世界各地的外表

和世界各地的内里

无论是外部

还是内部

整个外在地理

和内在的一切都一清二楚

像一位外科大夫一样思考

您懂吗

为给我讲授左拉

讲授福楼拜

还有马塞尔·普鲁斯特

他放弃了去索邦讲学

我丈夫恨他

他在历史方面尤其

知识渊博

请他讲课那钱算是没有白扔

他有着过人的才智

[朝空狗筐里看

他非常

喜欢它我的这个宝贝

总是给它带吃的

连火腿都送给它

火腿弗吕利希太太

还有花生

香蕉

三明治弗吕利希太太

一来二去

他有一回

[伸出左腿给弗吕利希太太按摩

弗吕利希太太按摩她的左腿

甚至把我做的最好吃的

十二块三明治

塞进了它的嘴里

我从来还没有做得那么成功

都喂了它

[朝空狗筐里望着

喂了它

逐渐地

他讲话的语调变得铿锵有力弗吕利希太太

完全按着音乐的旋律

我感到惊奇的是

神父关于帕斯卡的话

也适用于他自己

他自己的思想

具有帕斯卡《思想录》的质量

但是我跟您讲这些干什么

我跟您讲

您也不懂

我的意思

[总统和按摩师笑起来

在天才的身旁

既有安全感

也存在同样程度的

危险

像神父那样有头脑的人

一方面让人平静

另一方面又让人不安

这就是创造性

[将左腿收回

弗吕利希太太站起来

再加上这样一个人还有高贵的气质

如果人们

或者像他那样说得更确切些

如果头脑弗吕利希太太

对一个题目只要蜻蜓点水般触及一下

便能透彻地理解

[总统和按摩师大笑起来

我曾考虑过

我是不是取消

对艺术家的资助

因为艺术家活动的地方

如我丈夫所说

也是无政府主义的滋生之所

神父也不否认这一观点

但我不取消对艺术家的资助

对艺术家的资助

没有取消

您把讲话稿

新上校为我丈夫起草的讲稿

放在哪儿啦

[弗吕利希太太下场，拿着讲话稿进来

总统夫人接过来读

犯下这种罪行

必须受到惩罚

我们现在

站在敞开的墓穴旁

一位好朋友

忠实的公民

[对弗吕利希太太

新来的上校

得起草哀悼其前任的墓前演说

您说这难道不怪诞吗

这本身不就是可悲的吗

弗吕利希太太

[继续读着

我们站在敞开的墓穴前

这位无私的人的墓穴

这位勇敢的军官

为了他的祖国

祖国

祖国

祖国

[把讲话稿放到梳妆台上，吐舌头

祖国

[对弗吕利希太太

每次您给我丈夫咳嗽糖浆时

也给我盛一点

要记住

给我丈夫两匙

给我两匙

也许这对我

练好角色

为儿童演出所担任的角色

有帮助

您再清楚不过

二十年来

我一直

演主角

最近几年我不乐意演了

不乐意

但人们一再恳求我

我只好又出山了

我问自己

在这可怕的时期

发生了如此多苦难的时期

还去演戏

是否合适

您怎么看

我们处在这样令人恐怖的时期

每天都要去公墓

站在一位可敬的被杀害的人的墓旁

而我却还在演戏

在敞开的墓穴旁站着

我觉得对我来说这相当困难

每当我站在敞开的墓穴旁

自己发现自己并没有在墓穴旁

而是站在戏剧舞台上

在说着我的台词弗吕利希太太

欢快有趣的儿童戏台词

我问我自己

什么时候我一下子控制不住了

这是很可能的很容易出现的事情

我站在敞开的墓穴旁

没有陷入深深的悲伤

反而在说我的台词

我那欢快有趣的台词弗吕利希太太

欢快有趣的台词

[总统和按摩师大声笑起来

我问自己

为什么我把按摩技术

透露给了您

[弗吕利希太太又在按摩总统夫人的颈项

从内向外

弗吕利希太太

要不断地想着疏导

迟疑也好自信也好

要把病菌从像我这样的身体内

按摩出去

每逢您给我按摩

我就看到这些景象

我就有这些想法

我在问自己

假如我给您按摩

您看到了什么

您在想什么

突然之间那么多被掩盖的事情披露了出来

[总统和按摩师笑起来

自然

您一点也不必担惊受怕

无政府主义者

不会伤害您什么

但是可能

出于疏忽

出于疏忽

如果您由于他们的疏忽

[朝空狗筐里看

它被杀死的情形

停止了呼吸

每当我想起它的头

靠在筐边的样子

这忠实的动物

每逢我读福楼拜

或者左拉

或者阿尔贝·加缪您懂吗

它都数小时安静地在一旁看着我

这些伟大的法国人

对我来说他们总是让我着迷

而这个无辜的头脑中

对此怎么想

我们不知道

它把它的秘密

带进了坟墓

[朝卫生间门看

他们原本想杀死他

杀死他

是他们的企图

[朝空狗筐里看

这可怜的动物

他们把它杀了

神父说

他们这些人

都是疯子

一些没有出路的年轻人

在他们的头脑中

弗吕利希太太

这些人不是无产阶级

弗吕利希太太

他们是知识分子

[总统大笑起来

我丈夫其实

也害怕

但他不表现出来

他不可以表示出他害怕

我可以表示我害怕

我们可以

而且害怕得很

[直接冲着弗吕利希太太说

看看您那害怕的样子

您根本没必要害怕

您不必害怕

我得害怕

您不必

一切都针对着我们

让我不能不害怕

神父说

而您心中的害怕大可不必

一切都表明

您丝毫的恐惧

都不必有

[直接冲着她说

只有当出现了误会

弗吕利希太太

我的长袜滑下来了

[伸出右腿，弗吕利希太太往上拉她右边

的袜子；伸出左腿，弗吕利希太太往上拉

左腿上的袜子

但我不一样

无政府主义者夺走了

我最可爱的东西

这个世界不明白

它也不想弄明白

它无法弄明白

[总统夫人把腿收回后弗吕利希太太站起来

115

最近以来

我们原先的上校

写了多少篇悼词啊

写得不是没有错误弗吕利希太太

可是没有空话套话

只差没有写他自己的了

他原本可以写他自己的悼词

他自己的弗吕利希太太

[从梳妆台上拿起讲话稿，朗读起来

这位可敬的人

让我们把他交给

我们围绕着他悼念他所站立的

家乡的土地

我们自问

这位可敬的国家的公仆

他的牺牲为了什么

我们知道

他的牺牲为了什么

[把讲话稿扔到梳妆台上

对弗吕利希太太

您知道吗

上校为什么牺牲了自己

您知道吗

我在问您呀

您知道吗

上校他

牺牲了自己

[望着卫生间的门

总统笑起来

他们多年以来

就处心积虑地计划着有朝一日

把他消灭掉

[突然大声说

神父说

无情地对付无政府主义者

冷酷无情

采取断然措施

一举铲除他们

另一方面

[寻找着什么

我的发卡哪儿去了

长发卡弗吕利希太太

［总统拧开淋浴喷嘴

发卡

弗吕利希太太

［弗吕利希太太俯身找发卡

神父主张采取断然措施

一方面

另一方面

但是神父不是教会

［总统咳嗽

弗吕利希太太找到了发卡，站起来

总统夫人用嘴咬着发卡

弗吕利希太太从她嘴里抽出发卡

您做得对

您总是一再提醒我

让我注意这样子不体面

将发卡叼在嘴上

这种很普遍的不成体统的做法

［直接冲着弗吕利希太太

这种不体面的习惯

在葬礼之后

我得去公司

弗吕利希太太

您要提醒我

[弗吕利希太太想说什么

您什么也别说

我一定得去公司

同时也得去法医所

[朝空狗筐里看着

为了即将开始的儿童剧演出

我得练习我的角色

我的台词

[突然地

上校的灵柩究竟停在什么地方

弗吕利希太太　在陆军博物馆

　　总统夫人　在陆军博物馆

送葬队伍

从那里

行进到中央公墓

弗吕利希太太　行进到中央公墓

　　总统夫人　神父说

这将是一次巨大的示威弗吕利希太太

向无政府主义者的示威游行

119

总　统　　［对按摩师

　　　　　　好好地揉搓

　　　　　　好好地干

　　　　　　好

　　　　　　就是这样

　　　　　　［笑起来

总统夫人　　假如这家公司

　　　　　　像我那公司一样大

　　　　　　我那作为嫁妆带来的公司弗吕利希太太

　　　　　　那么观其全貌就难了

　　　　　　比如弗吕利希太太

　　　　　　有时出现的

　　　　　　行情的跌涨趋势

　　　　　　退休

　　　　　　表彰

　　　　　　以及盗窃事件弗吕利希太太

　　　　　　［弗吕利希太太弯腰

　　　　　　总统夫人朝地面看

　　　　　　它肯定在那里

　　　　　　那儿

　　　　　　那儿

[弗吕利希太太捡起发卡站起来

不要叼在嘴里

不叼在嘴里

一个像我们那样的公司

自然会诱惑员工产生邪念

您哪里知道有多少员工

被当场抓获

当然不是每次行窃都立刻败露

常常事过数年之后

我们才逮住行窃的盗贼

但是无论如何我们一定会让真相大白

盗贼一个也别想得逞

[朝空狗筐里看着

所有这些无聊的国际政治和你有什么相干

[俯身向狗筐

你

可爱的小宝贝

这一切和你有什么关系

[对弗吕利希太太说

您不要把项圈

也给我一起烧了

您得把项圈

给我拿回来

这漂亮的项圈上

还有两颗金扣子

[朝空狗筐里看

他们把你给我夺走了

让我失去了你

这些无政府主义者

你

[对弗吕利希太太说

您听到了吗

项圈
··
您要小心地从它身上把它取下来

[低着头

在法医所看到的景象

让我

不寒而栗

[直接冲着弗吕利希太太说

您想想看

他们把上校

[朝空狗筐里看

和它

一起

弄到了法医所

[总统从卫生间出来，后面跟着按摩师

总统夫人突然，有意让大家都清楚地看到，

抓住弗吕利希太太的手腕，紧紧地握着，

对她丈夫说

如果我没有您

[放开弗吕利希太太的手腕

总统只用一条毛巾围着腹部

弗吕利希太太给他拿来一条长内裤

按摩师　　[向总统躬身施礼，说道

感谢总统

再见总统

[向总统夫人躬身施礼

再见总统夫人

[下场

总　　统　　[朝离去的按摩师大声说，同时弗吕利希太

太帮他穿长内裤

别忘记

明天把蜂花液带来

蜂花液

[总统坐到梳妆台前

总统夫人 [对弗吕利希太太

把讲话稿

拿给我丈夫过目

[从梳妆台上拿起上校起草的讲话稿递给弗

吕利希太太

弗吕利希太太把它递给总统

新上校

写的东西

我觉得文笔很好

你的新护卫者

副官

他们只把那些即将退休的

老家伙

弄到你身边来

弄到总统身边来

总　统 [读了讲话稿

但愿新来的上校他的工作

不只是

撰写悼词

124

[弗吕利希太太在总统看讲稿时，首先为他

的左脚然后给他的右脚穿上袜子

总统夫人　弗吕利希太太为你熨烫了黑袖箍

伤口还在流血吗

[总统用手捂住脑袋

总统夫人站起来向他走过去

伤口不流血了

擦破了点皮

不碍事

[吻他的额头

指给他看讲稿某处

你看这里

赎罪

必须赎罪

[大声笑起来，然后回到梳妆台旁坐下

赎罪

神父说

这样愚蠢的措辞

实属罕见

总　统　[在弗吕利希太太为他穿上两只袜子后

以往的情况不允许

全力从事我喜欢做的事情

比如自然科学

我儿子献身于

不

不不

总统夫人　告诉弗吕利希太太

你在一九三四年

曾面临在两个驻外使节岗位之间的选择

她没有兴趣听这个了

或者说不再有兴趣了

我们不是也不再对此感兴趣了吗

因为你在关键时刻

到了首都

立即把一切掌握在自己手中

〔弗吕利希太太梳理总统的湿头发

一次偶然的相识

结识一位颇有影响的人物

在战争以不幸的结局结束之后

〔模仿她丈夫的话语

之后我开始

全力以赴研究梅特涅

只读梅特涅

关于王朝的性质

关于联盟里那个斯拉夫国家等等

关于奥匈二元帝国

关于所谓具有双料头脑的物体

其中一个总是比另一个更活跃等等

关于历史重大事件

相同和一致等等

我主张应该让人们

把他们想要说的话

尽管讲出来

只要他们让我们去做

我们想要做的

让我们为所欲为等等

谨慎

而又悲观地

[对弗吕利希太太

您听听我丈夫

他说的总是这一套

我听他说

听了三十年了

就没有变过样

总是这一套

统治下的各族民众

帝国的双体合一

妥协退让

带来严重恶果的行为等等

然后

下午四点钟左右

他表示要和我聊天

聊天

关于国务总理考尼茨

[弗吕利希太太为总统穿上背心，然后穿衬

衫，总统扣扣子时她刷燕尾礼服

总统夫人化妆，朝镜子里看着

要不了多久他们就会

把所有善良和明智的人

全杀掉了

总　　统　　新上校

是一位杰出的军官

总统夫人　和那位前任上校一样

不能够保证你的安全

他本该警告你

劝你不要再去无名士兵纪念碑那里

他本该考虑到

无政府主义者

会采取行动

[朝空狗筐里看着

神父说

要不了多久他们会把

所有善良和明智的人杀光

[朝窗户看

往下边看

心里害怕

[朝镜子里看

最后那次

参加儿童剧演出

我的脑袋突然一片空白

一句台词也记不起来了

我站在那儿

把台词忘得一干二净

一个字也说不出

演员们全都瞪着眼睛瞧着我

总　　统　　每逢你演儿童戏

我都看得很起劲

但你无法充分发挥你的才华

论你的水平

你本该成为一位伟大的演员

绝对不是夸张

[弗吕利希太太为总统穿礼服裤子

对我来说

具有表演天才的女性

总是魅力无限

她们表演起莎士比亚的戏激情洋溢

还有莫里哀的戏

我本人感兴趣的只有歌剧

[大声地

戏剧

总统夫人　　你在哪里与她相会

总　　统　　在马德里

总统夫人　　在马德里

到那里相会

不是太麻烦了吗

你可以带她回来嘛

130

总　统　不要张扬嘛我的宝贝

决不要张扬

[伸出右腿，让弗吕利希太太穿右脚鞋

决不要张扬

[伸出左腿

弗吕利希太太给他穿上左脚鞋

她已经在马德里

假如我不是必须出席葬礼

我也已经在那里了

一座很时尚很有气派的城市

[对弗吕利希太太

如有机会我建议您去那里

为自己买几双鞋

弗吕利希太太

在马德里

您可以买到最有品位的鞋

在里斯本也能买到

[弗吕利希太太整理好总统身上的衬衫

总统对弗吕利希太太说

您还总穿着

您那故去的母亲穿过的鞋

弗吕利希太太

［看着她的鞋

这鞋早已经过时了

您去趟

马德里吧

总统夫人　［朝镜子里瞧着

只这一次

再也不演了

再也不演了

最后一次

参加演出了

最后一次

［往空狗筐里看着

可是一旦开始了

参与了这种事情

要想解脱出来那的确是很难的

总　　统　你知道

这出戏

是按照大主教的意思编的

初稿

就是他写的

132

总统夫人　[向空狗筐里看着

我的小剧评家

我可怜的小宝贝

你总是我的第一观众

每当我

坐在镜子前

演练我的角色

你总是一旁注意地看着

听着

它的听觉十分敏锐

[对总统说

于是我立刻发现

什么地方不对劲了

语调

或者表达方式

这样一个角色

神父说

一切都与心理有关

[向空狗筐里看着

因为你的心脏弱小

无政府主义者

杀死了你

这些个国家的敌人

假如他们的子弹击中了他

可是他们却伤害了你

和上校

因为你的心脏弱小

对你下了手

他们从隐蔽处

纯粹是

野心

仇恨

[对弗吕利希太太

您给我丈夫头上缠绷带

一定要当心不要弄痛他

要小心

总　　统　　要格外小心

　　　　　弗吕利希太太

总统夫人　当时就死了

　　　　　子弹射过来

　　　　　它就断了气

　　　　　这可怜的动物

134

我根本没看见

上校中弹了

我还以为是这动物

子弹击中了心脏

[向空狗筐里看着

我可爱的宝贝

在我的怀抱里

[转过身让人看

就这样

我让它落下去

这样

掉在了地上

这动物死了

我发觉了

让它掉在了地上

[对弗吕利希太太

您懂吗

它死了

一动不动

扔在了地上

[再次演示当时的情形

　　　　　　　　这样

　　　　　　　　这样

　　　　　　　　[又朝镜子里看

　　　　　　　　它身上还暖暖的

　　　　　　　　我们惊慌失措地离开了

　　女　仆　　[走进来

　　　　　　　　上校先生到

总统夫人　　让上校先生进来

　　　　　　　　[望着挂钟

　　　　　　　　马上十点了

　　　　　　　　[女仆下

　　　　　　　　葬礼什么时候开始弗吕利希太太

弗吕利希太太　十一点

　　　　　　　　总统夫人

　　　总　统　所有的葬礼

　　　　　　　　都在十一点开始

　　　　　　　　每一个国家都是如此

　　　　　　　　[上校带公文包上

　　　　　　　　分别向总统夫人和总统敬礼

　　　　　　　　请过来上校先生

　　　　　　　　请过来

总统夫人　［对上校

　　　　　　　抓到刺杀凶手了吗

　上　校　没有总统夫人

总统夫人　没有

　　　　　　没有

　总　统　暂时还没有

　　　　　　　［总统示意上校，让他把文件给他看

　上　校　赦免

　　　　　　总统先生

　　　　　　对三个人赦免

　　　　　　总理已经

　　　　　　签署了赦免令

总统夫人　［化妆

　　　　　　总理签署了

　　　　　　总理签署了

　　　　　　但总统没有签

　　　　　　我丈夫没有签

　　　　　　［对总统言辞激烈地

　　　　　　不能赦免

　　　　　　不能赦免

　　　　　　［弗吕利希太太拿黑色连衣裙站在总统夫

137

人前

不能赦免

这都是些什么人

上　校　[在总统阅读文件时

是所谓终身监禁者

总统夫人

所谓终身监禁者

总统夫人　就是说严重案例

上　校　特别严重案例

总统夫人　这种圣诞大赦

我恨透了

还不到十一月

便提出大赦方案

[对总统说

你敢给我签字

不赦免任何人

一个也不赦

[上校关上文件夹

现在这样做不是时候

绝对不是时候

不要宽恕

决不能宽恕

[对弗吕利希太太

您还站在那儿干什么

快给我穿上连衣裙哪

[弗吕利希太太为总统夫人穿连衣裙

总统夫人边穿边说

我一向就恨赦免

现在更不能赦免

更不能赦免

[朝镜子里看

永远也不这样做

[穿上连衣裙，转身朝着总统

不要赦免

不能心慈手软

真是难以置信

[转身朝着空狗筐里看

夺走了我最可爱的宝贝

[对上校

您可以走了

您请吧

顺便告诉您

您的讲话稿是篇杰作

悼念您的前任

[上校边不断鞠躬边下场

总统夫人朝着他身后大声说

杰作

杰作

[朝空狗筐里说

杰作

[对总统

这些赦免的做法

和我们这个时代的状况完全不符

跟这个时代背道而驰

跟这个时代背道而驰

[伸出右腿

弗吕利希太太为她穿右脚鞋

跟这个时代背道而驰

[伸出左腿

弗吕利希太太为她穿左脚鞋

我们本不应该

到无名士兵纪念碑那里去

[转向总统

在这种时候

要求你

对这些罪犯给以终身赦免

［朝空狗筐里看着

简直是无稽之谈

［总统将裤吊带放上肩头

都怪我

突然心血来潮

要到无名士兵纪念碑那里去

［朝窗户看去

其实我原本是想

给自己

买一顶新帽子

［对弗吕利希太太

不要黑帽子弗吕利希太太

别以为要戴

黑帽子

不要任何黑色的

本想进城

去帽店

可是却鬼使神差地

去了总统办公室

［对总统

拉你一起去了公园

来到无名士兵纪念碑前

［朝空狗筐里看着

这小家伙当时是多么开心哪

马上离开我们跑过去

马上就跑了过去

围绕着纪念碑

就在这时突然枪响了

我把这动物扔了出去

［演示当时的情形

就这样我把它扔了出去

就这样

总　统　　上校

　　　　　当场

　　　　　倒地身亡

　　　　　距离二十年前

　　　　　总理被害的地方

　　　　　只有二十步之遥

总统夫人　　时刻到了

一切都在天翻地覆地变化

神父说

每个人思想深处

都有一个无政府主义者

一个头脑清醒的人

就是一个无政府主义者

也许

神父说

这就是革命

[对弗吕利希太太

把我丈夫的床重新铺好

每天都得换新床单

他把什么东西都染上血迹了

夜里

没有绷带

[对总统

只是一点轻微的擦伤

头部

轻微得让人无法看见

但是

[总统修剪指甲，然后用润肤膏擦脸

弗吕利希太太为总统夫人梳头

您观察我

看到我和肉铺掌柜的在一起

您看见了

您会突然讲出来

在一个适当的时机讲出来

直到今天您都会这样做

但是您哪里知道

我丈夫他知道这个情况

说老实话

这是神父的意思

每逢我丈夫

在夜里

和那些三流女演员混在一起

他知道我在做什么

我们没有秘密您知道吗

不过您要当心

别对我丈夫有一丁点暗示

您穿这件连衣裙简直好极了

就像一个闹革命的孩子

我脱下来不要的

您穿着特别合适

您穿我丢弃的衣服特合适

[对总统

你不觉得

她穿我丢弃的衣服

格外好看吗

[对弗吕利希太太

这是您的命

穿着主人丢弃的衣裳

就光彩照人弗吕利希太太

我们之间存在着巨大差别

[往空狗筐里看，然后

筐里没有狗了

狗没了

您的一双手多秀气呀弗吕利希太太

[握住弗吕利希太太的手，握得弗吕利希太

太感到痛

总统朝她们转过身来

总统夫人放开了弗吕利希太太

一张这样冷冷的脸

一双这样秀气的手

145

简直就像主人一样

但是您给我梳头的样子

您帮我穿衣服的样子

您进门的样子

有点让人讨厌

每次我都想

为什么她现在进来

可您不做任何解释

二十年了

您什么也不解释

［不断地取过首饰又放回梳妆台上

您折磨我

就跟我折磨您一样

［转身朝着总统

我们俩折磨他

您是无意识地

我这样做是有意地

遵循着某种计划

而他折磨我们

［拿起狗的画像，又放回梳妆台上

我们所有人您懂吗

他掌握着

折磨所有人的大权

一切都是痛苦

野心

仇恨

还能是什么

神父说

人和人之间的关系

除了荒谬

还是荒谬

总　统　上校受到了厚葬

总统夫人　受此礼遇的一般来说

只有艺术家

诗人作曲家

享誉世界的艺术家

[吐舌头

总统咳嗽

送葬队伍经过的

大街

都进行了交通管制

所有官方机构大楼

都悬挂出了黑旗

而且学校也停了课

弗吕利希太太

总　统　　差一点

总统夫人　　差一点

总统的命就送掉了

跌宕起伏

激昂慷慨

政治斗争

[对弗吕利希太太

我累了

实在是累了

礼仪的严格戒规

当一个总统夫人

不易啊

更不要说当总统了

[总统从地板上拾起活动衣领，固定在衬

衫上

自十月中旬以来

我们一直要穿黑色衣裳

每两天交通要道

就因有葬礼队伍通过

而受到交通管制

不久会有成千上万的人丧命

神父说

世俗的以及教会的显贵

因为大自然要实施她的权利

收获季节

神父说

收获季节

[在镜子前站立起来

但是黑色衣服适合我

适合我穿

很适合不是吗

弗吕利希太太　黑衣裳您穿着好看

总统夫人

总统夫人　您很知道

我喜欢听什么

您就是这样子

总捡我爱听的说

您用这个法子

折磨我

[抓住弗吕利希太太一只手，紧紧握着

可是一个人

[放开弗吕利希太太的手

不能总是

穿着丧服到处走啊

总　统　前上校是一个正派的人

他跟我说

他要把他的五个儿子

都送进军事学院

总统夫人　[从梳妆台拿起一张入场券

音乐之友协会 [1]

一如既往还在送票给我

交响乐团音乐会

赋格曲艺术弗吕利希太太

约翰·塞巴斯蒂安·巴赫

[把这张音乐会入场券递给弗吕利希太太

一个无产者

坐在给总统预留的坐位上

不要丢失了票

---

1 音乐之友协会（Gesellschaft der Musikfreunde），成立于 1812 年，是维也纳最著名的
古典音乐中心。维也纳金色大厅就位于音乐之友协会大楼内。

您的一个同行

有一回就把票弄丢了

[弗吕利希太太把票揣进衣服里

人们从乡下

来到城里

他们期盼换个活法

希望能焕发精神有所作为

但城市让他们失望

并没有焕发他们的精神

[对总统说

没有焕发他们的精神

[对弗吕利希太太

您不是也看到了

现在多悲伤呀

城市里

不久无政府主义

神父说

真的要像洪水一样泛滥了

您记得吧

有一段时间

您交替着

为我

和我的狗梳头

按照我的吩咐

总　统　一场巨大的传媒阴谋

指向我们

所有的报纸

所有的报纸无一例外

一场巨大的传媒阴谋

［弗吕利希太太刷总统的大礼帽

总统夫人　［朝空狗筐里看

我现在失去了你

但你的气味还在

我能闻到你

［对弗吕利希太太

您的不共戴天之敌

死了

死了

［朝镜子里看

我的声音

变得又干又哑了

止咳糖浆

止咳糖浆

[对弗吕利希太太

您给我丈夫止咳糖浆时

也要给我拿点过来

[对总统说

你致悼词的次数太多了

嗓子都沙哑了

[边照镜子边自言自语

后来

突然

台词忘记了

演出这些儿童剧有什么用呢

但是我们大家

都要变老

变得衰弱不堪

[对总统

用演出的收入置办了四把病人坐的椅子

有轮子的

[弗吕利希太太从这会儿起给总统缓缓地往

脑袋上缠着黑色绷带

从德国

德国制造的病人用轮椅

最先进

小儿麻痹

又频繁发生

还有肺痨病

突然

[拿起狗的画像，又放回到梳妆台上

他们又遭受

肺痨病和小儿麻痹

的侵袭

医院都人满为患了

你的那位女演员

格斯特纳小姐

我听说

她得到了一个角色

在一出古典剧目中

不过是配角

[吐舌头，戴上一珍珠项链

现在又到了喜剧演出季

阴郁的日子还刚刚开始

剧院就开始上演喜剧了

应该禁止他们演喜剧

在现在这样的时期

不禁止他们

上校的葬礼都无法安静地举行

这是国家葬礼

怎么能在喧闹气氛中进行呢

神父说

没有什么比国家葬礼更让人尴尬的了

或者还有社会名流

举办的那样一些讲究排场的葬礼

国家葬礼

要非常安静肃穆

[又把项链取下来放到梳妆台上

现在我很快将见识

所有的公墓

将倾听所有的墓前演说

新上校起草的讲稿

与前上校写的没有什么不同

您不相信吗

无政府主义者其实只需等待

什么也不用做

只要瞪着眼看着就成

因为他们想要消灭的人

会自行死亡

自行死亡

自行死亡

[又拿起项链往自己身上比画

那些政界首要

会一排排死去

不必对他们使用武力

他们自己就倒下了

[最终把项链放到了梳妆台上

弗吕利希太太为总统穿上马甲和外衣，总
统起身，弗吕利希太太从上到下把他的衣
裳刷一遍，为他戴上大礼帽

总　统　讲话稿在哪儿

弗吕利希太太

[弗吕利希太太递给他讲话稿，他将其揣进
兜里

总统夫人　[站起来，向空狗筐瞥了一眼之后

社会名流一排排地

自行死去

[总统和总统夫人走到舞台中间

弗吕利希太太从立式衣帽架上拿起黑纱为

总统夫人戴上

总统与夫人拥抱

一块大石头破窗飞了进来

在场者都大吃一惊，一动不动

门被撞开

上　校　[上场说

送葬队伍已在等待

总统先生

[幕落

第三场

[英格兰酒店

总统和女演员坐在桌旁开心地笑着

侍者上场收拾餐桌

总统和女演员又笑起来

总　统　[用餐巾擦嘴

看你赤着脚

越过种种障碍

跑路的样子

下边山谷里

上校在等我们

他以为发生了什么不幸呢

你还记得吗

你坐在侏儒小石雕旁的椅子上

朗诵着你扮演的角色的台词

朗诵着

女演员　[用手拍打着桌面

朗诵着

朗诵着

总　统　[抽着雪茄

158

记得吗

我的脚

你想象不出

我的脚是什么样子

但我没有脱鞋

没有

女演员 总穿靴子的人

就不习惯穿鞋子

走在不平坦的路上

鞋就会弄疼脚

总　统 必须走

必须

必须我的宝贝

必须走

[总统和女演员笑起来

侍者把一些香槟酒瓶放在桌下边后又打开

一瓶

时间我的宝贝

无法倒转

[引用伏尔泰作品里的话

没有什么

159

比时间更长

因为时间

是测量永恒的

量度

没有什么比它

更短

因为不管我们做什么事情

无不感到时间紧缺

时间的脚步

对于一个等待者

是无比的缓慢

对于一个享乐者

则比什么都快捷

[侍者先后为女演员和总统斟酒

它可以无穷尽地扩展

也可以无限地分割缩小

所有的人

都不把它当回事

然而大家都对它的缺失

感到惋惜

没有它将一事无成

它让一切不值得后世重视的事物

陷入遗忘的深渊

[高高地仰起头

但它赋予一切伟大的事物

以不朽的生命

[对侍者

您可以走了

让我们单独待一会儿

单独

[侍者拿着拾掇好的餐具下

总统吻女演员前额

你记得吗

我们随后还去了埃斯托里尔

步行

上校立即想到会发生不幸

这些人总是立即想到不吉利的事情

我没有准时回来

他们就以为

肯定发生了不幸

他们接受的就是这样的训练

有什么办法

原来那位上校

爱上了波尔图那个地方

原来的上校

新来的上校还从未有到过大西洋

这些人头一回

见到大西洋

葡萄牙西南海岸

立刻就被这里的景象

征服了

[突然掀开桌布

同一张桌子

这里

您瞧呀

同一张桌子

[给女演员指桌面的一处看

在这里

我曾刻上了点什么

我们名字的首字母

就是最后那次

你喝醉了我的宝贝

当时我

观察着你

看着你如何进入梦乡

你在睡觉我的宝贝

你睡着了

你太累了

我们从辛特拉来到这里

一路很辛苦

我刻上了我们名字的首字母

的确

就是这张桌子

[放下桌布

我说了

肯定就是这张桌子

也许有人说

您可以这样说

这是同一张桌子

其实不是同一张桌子

没错就是这张桌子

这家酒店

在全欧洲

也是闻名遐迩

严格的管理

还有这豪华的设施我的宝贝

如果我们不会

享受这种奢侈

那我们还活着干吗

经常地来享受一把我的宝贝

这样的奢侈

安静地没有任何干扰

［两人饮酒

我愿意和你

住同一套房间

［笑起来

坐在同一张桌旁

与你共同进餐

刻在桌面上的字母证明

是同一张桌子

［朝门口叫着

上校先生

上　校　［出现在门中

总统先生

总　统　您去睡觉吧

164

上校先生

我不需要您了

我们现在不需要您了

[对女演员

不是吗我的宝贝

我们不再需要上校了

明天见上校先生

明天九点到总统这里来

您听见了吗

如果您七点半敲门

您将惊奇地发现上校先生

葡萄牙的礼仪习俗

明天见上校先生

上　校　[鞠躬

明天见总统先生

[上校下

总　统　这就是所谓

贴身卫士

贴身卫士

[女演员笑起来

我们去看斗牛

165

不去城里的演出场馆

去村子里

那里不把牛刺死

在葡萄牙

他们骑着马斗牛

不像西班牙站在地上

我巧妙地

摆脱了礼仪官的安排

当我把我的越轨行为

我们俩的越轨行为

告诉给总统葡萄牙的总统时

他笑得很厉害

[吻女演员的面颊

农村来的孩子

到了城里

把总统陪伴得很开心

农村来的小女孩

乡间的小丫头蛋子

来自既寒冷又阴暗的山村

可是她有天分

又有干劲

166

最重要的是

一个人要在关键时刻显示出才华

或迟或早

永远也别太迟太晚

一个人不能

超过二十一岁才认识到

自己有天分

这是最重要的我的宝贝

而且已被证实

他有天分

外界也得看到他有天分

我的宝贝

这样一个有天分的人

具有某种才华

因为他集中精力

去展示某种

特别的才干

这样一个人

精力充沛地

全力以赴

去发挥他刚认识到的被证实了的才能

努力实践是事情的关键所在

不要循规蹈矩我的宝贝

要矢志不移

聚精会神地

将其才华展现在世人面前

只有这样的人才能前进

一个人认识到他自己有天分

得让自己明白得勉励自己

决不能彷徨迷茫

像你这样一个人

首先必须认识到我必须离开

离开父母

离开山区

到城里去

尽可能马上走上舞台

这样一个有天分的人

要到一个能发展自己的地方去

表演艺术

这种技艺

不是慢慢来的

它不容分说不容延宕

有了天赋认识到了

就要将其实施让它开花结果

别的一切都是胡闹宝贝

众所周知

我自己也是

来自底层最底层

还远不到二十岁

我就认识到

我在哪方面有天赋

不仅仅是天赋宝贝

还是政治方面的天赋

可以说不到十岁

我就认识到

我是一个具有政治家天赋的人

绝对拥有政治才干

而在你身上则是艺术家的气质

你及时地

发现了你在艺术表演方面的天分

并且奋发努力

排除一切障碍

以适合你自己的方式

首先要有清醒明智的头脑你懂吗

必要的狂妄和肆无忌惮

是获得明智头脑的保证

尤其是肆无忌惮地对待自己

摆脱种种源远流长的习俗

这不是儿童游戏

要摆脱

阻碍天才成长的一切

摆脱阻碍发挥

艺术天才的一切

艺术天才宝贝

因为一个人的天赋

要从它被认识到的那一刻起

不失时机地去培育和发展

不可或缺的必要条件是

敢于冒犯周围世界

敢于所谓冒天下之大不韪

你必须骤然之间

横下一条心

做你从未能做到的事

踩着尸体前进

为了实现你的天资

创造你的艺术

不要多愁善感宝贝

不要停歇宝贝

不要耍什么花招

也不必投机取巧

[喝干杯中酒又斟上一杯

对于这样的一个人

在他周围发生的一切

都无所谓

一切

你懂吗

一切

让意志展示其力量

我突然有了

从政的想法

要成为一个政治家

怀着这样的志向走到人们中间去

怀着唯一的这一志向走到人们中间

你对自己说

我要成为演员

自然是伟大的著名的世界闻名的演员

政治方面的道路

与艺术完全一样

也是用肆无忌惮

和残忍铺设起来的

你会走进最伟大最著名

最受尊敬的剧院宝贝

［吻她的面颊

目标多高也不为过

永远追求最高目标

在此以下的都不屑一顾

永远要去实现最高的目标

要做政治家

就要做总统

国家元首

独裁者

要做演员

就做最伟大的

最伟大的

最伟大的

这种吸引力

可能是一种致命的吸引力

对周围世界来说这是残酷无情

对周围世界来说这是难以理解

可是那些人是个什么

周围世界是个什么

这样一个人需要去考虑这些吗

阻碍我天分发展又怎么样

反对我的意志实施能奈我何

我周围的一切又算得了什么

哪怕全世界

都来反对我实现我的目的

[喝干杯中酒，站起来又打开一瓶

国家元首

宝贝

[为自己和女演员斟酒

确定自己的能力

运用其对付自己的无能

用自己的能力粉碎消灭自己的无能

持之以恒地以能力对付无能

穿越艺术垃圾废物和政治垃圾废物

世界就是一堆垃圾废物

别无其他

穿越这些垃圾废物如同穿越无边无际的混

　　沌和无知

前进前进一直向前宝贝

我很年轻

就当上了部长

先是军官

然后是部长

娶了一位极其富有的女人为妻

发现了她并与她结婚

随之把她的整个社交圈都娶了过来

这只是预备阶段

是奠基打基础

然后生活的难度与日俱增宝贝

我本人是从贪污

我们党员们交纳的党费开始的

如同你在地方省剧院里

在那里

你这个天才发现了自己

我从经管党费起步

然后便是梅特涅

梅特涅

梅特涅

而你则是莎士比亚

总是一而再再而三的莎士比亚

和歌德

住在没有暖气的屋子里

始终不渝坚持着既定目标

十年之久饱受失眠折磨

有天分的人

或者甚至天才

无论是政治方面还是艺术方面

总是面对一个与你作对的整个世界

他始终违反理智行事

无论人家怎么说

他做的却是另外一套

他在听

他在看

但他走的路

则朝着另一方向

像你一样

你做事情也跟理智对着干

［吻她的面颊

大家都警告你

就像大家都无时无刻不在警告我一样

［喝干杯中酒

虽然你没有百分之百地得到承认

但对我来说

你就是大艺术家

是我们这个时代的杜丝

艾莲诺拉·杜丝

世界闻名的意大利女演员

让我们举起酒杯

为你

我们时代的杜丝干杯

［为两人斟酒

举起酒杯

干杯

干杯

干杯宝贝

［两人喝完杯中酒

又把两个杯子倒满

为我们这个时代的杜丝干杯

让我也冒昧地称自己为

并非不举足轻重的人物

我获得了所有或者几乎所有的勋章

我获得了教皇颁发的所有勋章

包括教皇颁发的最高级勋章

女演员 你是最伟大的

在国家政要

和政治家中

总　统 国家政要

政治家

女演员 最伟大的

总　统 而你是我们这个时代

最伟大的女演员

假如这个国家

比现在更大

那么这片国土

这个国家

我掌管起来也绰绰有余

[举杯饮酒

女演员 在你这个领域里能够达到的一切

你都达到了

总　统　政治

　　　　　是最高的艺术我的宝贝

　　　　　它超过其他一切艺术的总和

　　　　　人们看不到它

　　　　　但它不断地在改变世界

　　　　　然后紧接着便是表演艺术

女演员　然后呢

总　统　然后是绘画

　　　　　伦勃朗

　　　　　鲁本斯

　　　　　德拉克洛瓦

女演员　然后呢

总　统　文学宝贝

　　　　　文学

　　　　　音乐

　　　　　音乐宝贝

　　　　　但我

　　　　　在艺术领域

　　　　　没有任何权力

　　　　　我的

　　　　　最高最大的艺术

是政治艺术

恺撒

拿破仑

梅特涅宝贝

[举起酒杯

梅特涅

为梅特涅干杯

[女演员举杯

为梅特涅干杯

[饮酒

必须宝贝

永远同时是

实践家和理论家

说到我

毫无疑问

我完全属于另一个时代

属于一个

我在其中能实现

我的使命的时代

在当今这个时代

我无法实现

　　　　　　我头脑里的全部思想

女演员　　你是一个独裁者

总　统　　独裁者

　　　　　　独裁者

　　　　　　这片疆土对我来说太小了

　　　　　　这个国家对我来说太小了

　　　　　　一切我觉得都太小太狭窄

　　　　　　在这里像我这样的权威会停滞不前

　　　　　　因为没有什么还需要我开动脑筋思考

　　　　　　我这聪明的头脑这样下去

　　　　　　非退化不可

女演员　　独裁者

总　统　　我妻子

　　　　　　曾对墨西哥大使说

　　　　　　这个国家根本不配有我丈夫这样的总统

　　　　　　我盼望我出生在

　　　　　　完全不一样的另一个国家

　　　　　　在完全不一样的另一个国家当总统

　　　　　　[饮酒

　　　　　　可现在

　　　　　　突然

180

无政府主义者宝贝

要提高警惕

我的生命有危险

大家都有生命危险

女演员　生命危险

总　　统　因为我太放松了

控制

教会

僧侣

无赖

社会渣滓宝贝

上校这么容易就没了

本来我是那牺牲品

他们多次宝贝

试图消灭我

但在消灭我之前

还会有许多无政府主义者将被消灭

将被消灭

将被消灭

［饮尽杯中酒，又斟上一杯

社会强烈要求出现

一个能建立秩序的人

秩序宝贝秩序

要有秩序

就是说

秩序高于一切宝贝

改变现在的

日益蔓延的混乱

毒化一切的

破坏一切的

混乱

建立起秩序

可是话又说回来

我们现在是幸福的

[吻她的面颊

我们现在很宁静

很平安

大西洋岸边

这大西洋岸边的空气

[突然地

他们迄今为止仍没有抓到刺客

这是什么警察都是废物

女演员　　恐怖行动越来越频繁了

总　统　　你明白吗宝贝

　　　　　这是厄运当头

　　　　　没有用的内政部长

　　　　　如果到明晨还不能拘捕到这些无政府主义者

　　　　　把他们给我拿下宝贝

　　　　　我将把内政部长和警察局长通通撤换掉

　　　　　撤换掉

女演员　　撤换掉

总　统　　撤换掉

　　　　　整个政府要大换班

　　　　　大改组

　　　　　要焕然一新

　　　　　[举杯

　　　　　请女演员也举杯

　　　　　两人举杯

　　　　　差一点宝贝

　　　　　我现在就不是在埃斯托里尔了

　　　　　因为这场谋杀

　　　　　我现在在这里

　　　　　你受到了惊吓

我妻子说

到埃斯托里尔去吧

她说

她这样说

为了让我走开

她自己好到山里去

与她那肉铺老板在一起

或者她和神父到山里去

和肉铺老板

还是和神父

她和谁到山里去我丝毫不在乎

最主要的是我和你一起在埃斯托里尔宝贝

[饮酒

两千名警察只保护

我一个人

还有你宝贝

我的可爱的大演员

带着外交官护照

在总统的特别庇护下

后天我们去辛特拉

堂而皇之地

去乐和乐和

就像我去年在辛特拉

训斥那个服务生

训斥

先是用法语

他听不懂

然后用英语

他也听不懂

最后用葡萄牙语

夜里我们睡觉

我妻子和我

不是睡在一张床上

二十年来就是这样

她躺在她的床上

想着她的肉铺老板

一方面想着肉铺老板

另一方面又想着神父

这两个人夜里都在她脑子里转悠

但无法联合在一起

然而她在这种状况下

并不会发疯

如果她某一回与我在一起睡觉

实际上却是和肉铺老板在一起

或者和神父在一起

这就是为什么

她越来越神经质

也是她虐待

仆人的理由

野心

仇恨

恐惧

岂有他哉

她那只狗后来

也神经兮兮

因为如果她在头脑中

忍受不了肉铺老板和神父

她就会逃向她那只狗

然后她就说

即使她有两个情人

一个精神上的一个肉体上的

但她的狗是她的一切和唯一

在这个年龄上宝贝

招惹上性变态是危险的

像我妻子这样一个人

这时候把她的狗给夺走了

这种打击的确太大了

我一向

恨她那个无用的动物

我恨没有用处的东西

我不是宠物爱好者

既不喜欢人也不喜欢动物

这些动物

连叫唤都不会了

只还能作为装饰摆设放在某个地方

还得喂养它们

派不上任何用场

[提高了声音说

那狗是猝死的

突然心脏停止了跳动

针对我的第一声枪响

击中了上校

立刻饮弹身亡

狗惊骇得心脏停止了跳动

两个无辜的牺牲品

上校和这只狗

[提高了声音说

她跑到法医所去了

去看她的那只狗

上校

和狗相挨着躺在尸体解剖台上

她看也不看一眼

这狗总散发出

一种令人厌恶的气味

整个卧室都被污染了

到处充斥着狗身上的味道

甚至整个总统府

都是这令人作呕的气味

这个废物

没有家谱

更不要说有什么显赫的身世了

谁晓得是个什么野种

从动物收养所里领出来的

乘坐总统的专车来到了这里

从此每天每日无时无刻都离不开狗了

好端端的一个厨房闹腾得乌烟瘴气

为这只狗做饭

一只捡来的野狗宝贝

一只捡来的野狗一段时间里

竟在总统府里耀武扬威

这女人把她丈夫弄得痛苦不堪

却百般娇惯她的那只狗

上校的死好像与她无关

并没有让她感到震惊

是啊我们大家终有一天都会死的

但是这只狗

她很不情愿地参加了上校的葬礼

她满脑子都是如何安葬她的狗

如何为它举行庄严的葬礼

火葬

还是土葬

她的问题

完全占据了她的意识

逐渐地

她就完全听凭于狗

和金钱的辖制了

神父更以他胡说八道的哲学

推波助澜

这个人总是讲什么无辜的生命

讲什么悲剧什么伟大的精神

他非这样做不可

这是他的需要

而我的妻子

根本就不懂人家说的是什么意思

她就鹦鹉学舌

就喋喋不休地跟着说

神父说一条狗是一个无辜的生命

她就跟着喋喋不休地这样说

神父说所有的人都是一样的

她也喋喋不休地跟着说

神父说伟大精神这个词

她也亦步亦趋地跟着说

神父所讲的关于社会主义的一切

她都喋喋不休地跟着讲

还有关于宗教

关于哲学

和科学所讲的一切

神父登上山顶站在上面往下看

她也跟着一起上去从上面往下看

但是这个神父太愚蠢了做不了间谍

教会里的一个笨蛋

只会诱惑女人让她们发疯

那个肉铺老板则以毫不掩饰的粗俗来吸引她

我曾见到过

他从后门经由外交官专用的楼梯走了出去

我当时正从外边回来

夜里两点半钟

在观看了芭蕾舞演出之后

女演员 在观看了芭蕾舞演出之后

总　统 《天鹅湖》

《天鹅湖》

演的是《天鹅湖》

那人身穿肉铺师傅的夹克

到我们总统府里来

想想看

穿着肉铺师傅的夹克

到我们总统府里来

到总统府里来

每当我妻子细嚼慢咽地吃着饭

不断越过我的头

瞧着在我身后悬挂在墙上的画

德国文艺复兴巨匠卢卡斯·克拉纳赫的肖像

她想着的总是那个穿着肉铺师傅夹克的

肉铺老板

在聚会时她经常心不在焉

因为她脑子里始终在想她的肉铺老板

女演员　或者神父

总　　统　或者神父

她明明知道我十分讨厌那个神父

她却让他总坐在午餐桌上

每逢我来吃饭

那道貌岸然的神父已经坐在那里

总是一本书捧在胸前

庄重地打开来给我们朗读

总是些内容卑劣的故事

以及教会的伤风败俗

然后更有上等的精神佳肴

瞧着餐桌一端这教会的黑糊糊的一摊

那光景好不养眼

有他在场经常倒也有趣

比如他讲述

关于传教士的所作所为

比如埃塞俄比亚发生的尼姑惨案

每当谈话陷入僵局

他都能及时找到恰当的话题

每次离开我们之前他都会得到我妻子塞给他的

一张支票

每逢我把手递给他

我给他的只是我的手

在他怀里会有一张支票发出声响

上面是四位数或者五位数

圣诞节期间甚至是六位数的支票

一个狡猾的家伙

到处以穷教会的名义乞讨

冬天他在圣莫里茨

自然是身着便服

死乞白赖地混入上流社会

我的妻子也在那里

让神父为自己的滑雪板涂蜡

一方面与神父交际

另一方面又与肉铺掌柜来往

在我和我妻子之间

早就一切都冷若冰霜了

[激动地

这是人间的

人与人之间的冷若冰霜宝贝

一切都只是表面文章

好比建筑物的门面

那神父和肉铺老板

就是地地道道的攀高楼的窃贼

[女演员大笑起来

总统也大笑起来

两人重复说

攀高楼的窃贼

[总统站起来打开一瓶香槟酒斟上

在埃斯托里尔这儿一切都可以忍受

宝贝

她崇拜神父

跟肉铺掌柜上床

她数钱给神父多达几十万

几十万

而为她自己

出手几乎近于吝啬

对神父却总是慷慨解囊

几十万在所不惜

[激动地

共和国总统的夫人

是娼妓

娼妓

[片刻停顿

现在她是一个

只盯着空狗筐的娼妓

凝视着空狗筐

呆呆地望着

朝里面

朝空狗筐里面

[两人饮尽杯中酒

这是一出戏宝贝

里面是些最匪夷所思的人物

他们交替登台并做种种表演

很可能

这已经是革命

像神父所说

四十年后

势必发生革命

必然爆发革命宝贝

一场革命

打倒一切

消灭一切

[拖长话音

消灭

你懂吗

一出戏

到了结束时

总是残渣泛起

所谓人类的

[打翻了酒杯又将其拿起来

渣滓

[给自己斟酒，突然地

采取暴力措施

彻底肃清全部消灭

我们俩的命运

彼此很相似

我们俩都知道这样一种生活是怎样得来的

因为是我们自己造就了它

自己

一方面是愚钝卑劣的父母

另一方面是愚钝卑劣的周围世界

绝对的冷酷无情宝贝

两年里只有一双袜子

许多年穷得没有

给圣诞老人写信的钱你懂吗

就像你自己曾经说的

[举起酒杯

女演员也举起酒杯

就像你自己曾经说的

在节庆日子里

无论是春秋还是冬夏

只能闻闻富人家窗户里飘出来的

烧肉的味道

这世界上是些什么

是他妈臭猪一群

宝贝

臭猪一群

除了猪猡没有别的

全是猪猡

一个人

走过像我们俩

所走过的道路

他人就变得冷酷了

他的性情就冷若冰霜了

剧院经理又打你什么主意

主角或者配角

你完全可以放弃演什么主角宝贝

这个角色你在我这里扮演

在剧院你尽管去跑龙套好啦

[吻她的面颊

你在我这里演主角

[突然激动地举起酒杯

你是我所知道的

最伟大的演员

因此你在我这里只演主角

扮演最伟大的角色

一个女演员在我们任何一座剧院任何时候

曾扮演的最伟大的角色

杜丝

你就是当今的杜丝

杜丝

[把杯中酒泼到女演员脸上

你杜丝

[女演员更高地举起酒杯，把酒泼到他的

脸上

我的杜丝

我的杜丝你

[幕落

第四场

[赌博大厅隔壁房间

总统、葡萄牙军官、大使围在桌旁，上校
站在门口

通过门可听见大厅里的喧哗

总　统　[与其他人抽着烟，饮着酒

诸位设想一下

突然

我身旁的上校

就没了

没了

没了

突然之间这个人就没了

[从赌厅传来喧哗声

只因为我正举起手杖

指向无名士兵纪念碑

给我妻子指着上面一只燕子看

这只燕子当时正落在无名士兵纪念碑上

在这个季节里这是个稀罕物先生们

正在这时枪响了

200

子弹射进不平稳的气流中

你们懂吗

南风

强烈的南风

到处人们都感到呼吸困难先生们

就在这时上校倒下了

我的副官

陪我多次到这里访问你们肯定认识他

悲伤的一天啊先生们

南风

强烈的南风

空中响起第二次枪声后

无政府主义者撤走了

[吸着雪茄

撤走了

是从灌木丛里向外射击的

击中上校的

第一枪

本来是指向我的

也杀死了我妻子的狗

那动物突发心脏病

猝死在她的怀抱里

她立即让它落在了地上

那动物死了

怀里抱着个死了的动物

[赌场大厅传来喧哗

我立即转过身来

刺客已无影无踪

我们生活在危险中

我们的生命危在旦夕先生们

这时我妻子跑了过去

灌木丛撕坏了

她的衣裳

然后卫兵才过来

距离总统府只有百十来步远先生们

上校立刻死亡

子弹打穿了心脏

那只狗的心脏也顷刻间停止了跳动

上校的心脏被击中

毫无疑问刺客是埋伏在灌木丛里射击的

军　官　我们这里没有无政府主义者总统先生

总　统　他们把他拖进总统府

他的身体还在流血

想想看那场景

我看见

他浑身是血

胸部被子弹打穿

［对大使

胸膛让子弹打透了

这个人曾经做过您的参赞

在安卡拉

大　使　在安卡拉总统先生

总　统　您一定记得

他是一个意志坚定经得起诱惑的人

是特里尔城大主教的亲戚

大　使　古尔克大主教

总　统　古尔克大主教的亲戚

子弹先生们

射进了心脏

又从体内飞出来

［吸雪茄

我曾见过许多人死去

但是

后来他们把那只狗

也运到总统府里来

一条死狗

放在被打死的上校身旁

直至法医们到来

我妻子仍然惊魂未定

法医首先

检查了上校

然后是那只狗

[赌厅传来喧哗声

我妻子把自己关在她的房间里

一关就是几个小时

行刺事件发生后不到半个钟点

我便与总理进行磋商

总理离开后

市内各处就升起了黑旗

我决定为上校举行国葬

遗憾的是至今仍然没有抓到行刺的罪犯

军　官　葡萄牙这里没有刺客

另一军官　这里也没有无政府主义者

总　统　这次行刺

204

自然让我妻子胆战心惊

她建议

要我到埃斯托里尔这里来

很好的一个主意不是吗先生们

大　使　这主意非常好总统先生

总　统　我对自己说

你到埃斯托里尔

到英格兰酒店住几天

先生们我跟你们讲

在这里您可以随心所欲到任何地方

英格兰酒店是全世界

最好的酒店

现在我们国内

每两天这一点都不夸张

每两天就举办一次葬礼

每周一次

国葬

差一点

连我也未能幸免

临行前我妻子对我说

给我带一瓶波尔图葡萄酒回来

［对大使

大使先生把一切

安排得让我十分满意

［对军官们

大使先生是我们

最杰出的一位政治家

我常想

不能让这样优秀的人

埋没在大西洋海岸

［女演员从赌场大厅走进来

你大概没有赌输吧

宝贝

［对其他人

她总是赢家

她是一位伟大的演员

扮演女主角的专业户先生们

［女演员吻总统前额

一位伟大的演员

［大家笑起来

只是她那位剧院经理

一个相当没有文化的人

思想狭隘

看不到这一点

发现不了她那过人的表演天赋

总是让她扮演一些

不适合她发挥才华的角色

她始终得不到

恰当的角色

每逢剧院经理主持角色分配

总是对她不利

她认为戏剧情节至关重要

她应该比方说扮演女王

颇有手腕的美丽女王

或者性变态的妓女

性变态的妓女

[笑起来

大家都笑起来

在古典悲剧里演主角

或者在现代喜剧中

出演性变态的妓女

[从外衣里掏出钱包，取出多张纸币递给

她，让她买赌博筹码

207

这钱给你

拿着宝贝

也许你这会儿手气好

[对其他人

幸运儿先生们

她是幸运儿

阿尔卑斯山里的弃婴

[女演员吻总统前额

总统把钱包放回口袋

阿尔卑斯山里的弃婴

伟大呀先生们

伟大

从哪方面看都杰出无比

[对女演员

你太美了

你是越长越美

而其他人则是越来越丑

越来越丑

上了点年纪就没法看了

而你却越变越漂亮

多美的面庞

不是吗先生们

多靓丽的一张脸

绝对是天生丽质

[女演员把纸币贴在胸前

自学成才

先生们

自学成才

她没有读过大学

没有学过表演

但是那些伟大的演员

尤其那些天才的女演员

有谁是科班出身

[对女演员

你是自学成才

自学成才你是

[对其他人

她浑身上下都是戏

都是韵律

都是音乐

和舞蹈

戏剧学院只会窒息天才

让其还在萌芽时便凋零枯萎

一位极有天赋的人

在戏剧学院

会在短暂的时间里

就被扼杀

扼杀呀先生们

扼杀

[女演员下，走进赌博大厅

总统目送她离去

一位天设地造的艺术家

绝对是天设地造

她有着非常悦耳的嗓音

娴熟的表演技巧

去年她应邀去英国巡回演出

让所有的大不列颠的城市

那些严寒冷漠死气沉沉的城市

一下子着了魔

着了魔这个词再恰当不过

着了魔

诸位要知道她是自学成才

出身于穷乡僻壤

祖父是烧砖瓦的窑工

她的父亲当上了砖瓦窑的领班

她母亲一家

依靠制作烧菜的木勺过活

[笑起来

大山里头制作烧菜木勺的家庭

看看今天

她是戏剧舞台上名副其实的大腕儿

就因为她曾拒绝过剧院经理

她便坐上了冷板凳

坐冷板凳先生们

坐冷板凳

我们最大的剧院

享誉整个欧洲

它的经理

让这么一位天才坐冷板凳

冷落她

她只好无所事事

这位经理按说也是独具慧眼

他相中了这女人如你们见到的

让人着魔的婀娜多姿的身体

浑身都是戏的身体

浑身都是戏先生们

对它产生了错误的期盼

愚蠢的经理滥用淫威

对于我未尝不是福分

这位女演员不能活跃在舞台上先生们

却能跟着我一国之元首周游世界

周游世界先生们

周游世界

［赌厅传来喧哗声

现在她参与到我的娱乐中来了

我们到这里

不是因为国家政治斗争的需要

我们两国之间也不存在

任何悬而未决的问题

是大西洋的新鲜空气

我只希望

在此期间我们的警方没有无所作为

我的妻子

总统夫人先生们

热爱高山峻岭

而我痴迷广阔的海洋

她喜欢古典喜剧

我更爱看经典歌剧

《卡门》

诸位想想看

我妻子

用她自己钩织的长袜子

保存她的钱

［抽雪茄

在她的家庭里

这样做是司空见惯

她的家从瑞士移民出来

她现在处于

极度的恐惧之中

我想是那种

持续的挥之不去的

对无政府主义者的恐惧

她与医生和神职人员

混在一起

以为这样

就可以逃脱疯癫或者疾病

或者逃脱疾病和疯癫同时来袭的危险

［赌厅传来喧哗声

保持与医生和神职人员的交往

似乎这样做有什么用处

殊不知与这伙人为伍

脚下的路会越走越窄

会更快地

通向地狱

彻底地可笑地

走向灭亡

我一向最不信任医生

对神职人员怀疑有加

他们是生活游戏规则的破坏者

没有这规则一切都无从谈起

总之我不相信科学

尤其是哲学

玄而又玄

到底是否存在这种东西还是个问题呢

我从一开始就是这个看法

我怀疑医生和神职人员

况且如果他们是懂医学的神职人员

或者说得确切些

作为神职人员却是医生

作为医生却是神职人员

可以说经常或者总是这种情况

要我怎么能相信他们呢

[抽一口雪茄

的确是这样

医生们声称

他们原本是神职人员

如同神职人员声称

他们是真正的医生

整个世界

先生们

都建立在这种癫狂之上

实际上这两类人

是彻头彻尾的破坏者

破坏着肉体和精神

[赌厅传来喧哗声

对他们要特别当心

先生们

但是怀疑巨大的怀疑并没有阻止人们

相反他们却将此作为桥梁

走到这些家伙身边

这又是多么愚蠢

女人们

上当受骗

每天让一位神父

坐到家里来

每周至少一次

去看医生

不要让医生把自己弄得疯疯癫癫

也不要让神职人员向自己灌输宗教思想

不要这样做

他们吃神职人员

开的药

让医生给他们讲述天堂和地狱

从这两类人那里

他们得到的无非是持续的

对生命终端的恐惧

一个上了年纪的女人

对生命的衰老表现出的惊慌失措

最让人无法忍受

她一味地

在神职人员和医生那里

寻求庇护

头脑里塞满了廉价的草本药材

医生的祈祷

和神职人员的酒精饮料

弄得她头昏脑涨

没完没了地跑去找他们

希望能阻止

她突然之间意识到的

衰败过程

不再顺其自然听之任之

［指着赌博大厅的门

那个小家伙

或者像她这样一个人

我把她从下面最底层

拉了出来

让人心神清爽

精神焕发先生们

精神焕发

精神焕发

[赌厅传来喧哗声

每逢听到某些难以置信的事情

我总想

这是听错了

但它是事实没有听错

像我这样一个人经常想

你最好是个最不起眼的人

与现在和你有关的一切

毫不相干

一切都与你没有关联

对你来说

你如果成了大家的谈资

那将是最可怕的

像我这样的人

一旦将脑子里的想法

变成了行动要想返回

那也只能瞬间片刻

然后则又继续将想法付诸实施

[吸雪茄

或者您设想一下

一位杰出的艺术家

218

或者一位众人瞩目的

伟大的科学家

他们能只满足于创作的冲动和科学的假设

不去进行探索和实验吗

但是我们常常把自己弄成了这样的人

他在民众的猜疑

和嘲笑中间寻找平衡先生们

既然我只能瞬间片刻

而不是较长时间地

停留在头脑活动之中没有作为

那我有时就要离开

离开

离开先生们

比如到葡萄牙

我喜欢这里

此前几周就宣布了行程

只是一个想法

离开

离开

然后突然成为迅猛的行动

来到大西洋岸边

来到舒适的环境里

如果我们那里一切都变得难以忍受

那么你们这里则是一个舒适的没有危险的地方

不必总是担心

追杀你的要命的子弹

可以自由行走和愉快地饮食

吃得香甜喝得痛快

[饮酒

在某种情况下还可以将现实

演绎成极具个性的喜剧

你们这里还有如此

平静安适的地带

人们可以无忧无虑地生活先生们

还有根本没有受到民众政治癫狂污染的

安宁的市区

当整个中欧

被什么政治和哲学弄得

混乱不堪时

你们在这里却像五十年前一样

那样娱乐那样开心

先生们

［赌厅传来喧哗声

开心娱乐先生们

开心娱乐

在我来的那个地方先生们

人们忘记了

生活很可能

与伟大的歌剧有关

世界不是哲学所阐释的那样

我听见从舞台上传来的声音

我看到了十分雄伟的场面

合唱队先生们

还有少数几位值得一提的独唱演员

我想

世界的背面

是牢固复杂的舞台机关

一个人处在这样一种非凡的精神状态中

就会对什么都不感兴趣了

只为了他自己

政治家也好艺术家也好

只为了自己

只走他自己的路

他不再知道

他是从哪里闯荡过来的了

[赌厅传来喧哗声

谁为自己走过的道路感到吃惊

谁就不可救药

他吸引了那么多人

自己都说不清楚了

吸引

吸引

在你们这个国家里

根本就没有打过仗先生们

从来没有爆发过战争先生们

没有燃烧过战火

因为你们这里的一切

都管理得如此井然有序

经受不起无政府主义者的折腾先生们

[女演员从赌厅里出来以手示意她输光了一切

总统立即掏出钱包，取出一沓钞票举起来

然后大声说

我全部的金钱先生们

[女演员走到他跟前，拿过来那些纸币，吻

他的额头，然后又走进赌博大厅

你们经受不起无政府主义者的折腾

先生们

你们那数目可观的监狱

保证了你们这里的

秩序和安宁

[赌厅传来喧哗声

要是民众的生活过得太好

他们就会癫狂

这些疯子

就会纵火烧掉这个国家

一旦民众忘乎所以疯狂起来

失去了理智

那就如同洪水猛兽无法阻挡先生们

而一切将变得都对混乱有利

历史会证明一切

先生们

就是天大的傻瓜也不会不明白

历史会证明一切

但是什么来证明历史呢

得把民众先生们

从历史引开

以便他们得不到任何证据

[赌厅传来喧哗声

不懂得这个道理

先生们

那就是门外汉

门外汉

我的妻子

她总是害怕

她的儿子会对我下手

或者会枪杀他亲生母亲

是的我的儿子

走进了无政府主义者的行列

并且是很极端的一分子

的确我也不得不担心

某一天

某个时辰先生们

他会将我击毙

或者先生们

将我打死

半夜里我妻子曾经说

我们的儿子

就是杀死我们的刽子手

他的整个存在不为别的什么

就是威胁我们

父母生下一个儿子

把他拉扯大

把他养育成人

方才明白

他们养育了一个杀害他们自己的

刽子手

一个人知道他父母

对他有如此准确的认识

那么他自然先生们

憎恨他的生养者

我们的儿子

天生就是这么块料

注定要

置我们于死地

[抽雪茄

我常想

这样一个人的心是什么样子

为什么他突然要消灭自己

不想继续成长和发展

而想把自己干掉

他离家出走

无所谓到哪里去

突然出于恐惧

要干掉自己

或者因为恐惧

杀掉父母

或者潜伏起来

然后被消灭掉

这样的人无论如何最终将被消灭

不可救药

如果说我们自己是有力量的

那么我们的儿子没有

如果说我们自己建立起规矩和秩序

那么我们的儿子没有

如果说我们自己

逐渐地感到了我们是幸福的人

我想

我们的儿子不是这样

如果说我们自己逐渐地绞尽脑汁

透彻地考虑了一切

我们的儿子不曾这样做

如果说我们自己醒悟了

走上了成功的道路

那与我们的儿子没有丝毫关系

他出走了潜伏下去了

夜里我想

我们不知道他在什么地方

他会突然回来

把我们消灭

把他自己消灭

夜里我想

他会这样做

他会这样做

他一定会这样做先生们

[站起来说

赢回来

到赌博大厅去先生们

[大声喊

赢回来

把我输掉的全部赢回来
[把盛满酒的杯子摔到墙上
然后走进赌博大厅
在场的人都朝他看去

[幕落

第五场

[大厅里

响着贝多芬的哀乐

总统已被安放在灵柩里

从灵柩上的一个大窗口可见其脸

两个殓尸工在军官的监视下将两支蜡烛放

在灵柩旁

殓尸工甲　[还在拉扯停灵柩架上的黑布

这样

这样

殓尸工乙　这样

这样

[两个殓尸工下

军　官　[高声，激动地

灵柩已安排停当

[大门打开了

总统夫人戴着黑纱，由神父搀扶着走进来，

在总统前方驻足，举目望过去，然后从左

边下

在总统夫人之后走进来的是政府官员

229

政府官员之后是外交使节

外交使节之后是民众

〔剧终

以极端的夸张去认识和表现世界——代译后记

　　托马斯·伯恩哈德从写诗和散文作品开始，后来放弃了诗歌创作，以戏剧取而代之，并非偶然，其一，他那滔滔不绝的独白体叙述特点不适合诗歌，其二，1955—1957年他进入萨尔茨堡莫扎特音乐和戏剧艺术学院学习声乐、导演和话剧表演，这段经历对他后来的文学创作产生了重要影响。

　　《习惯的力量》(1974)是伯恩哈德第一部真正意义上的喜剧。主人公是年迈多病的马戏团老板，为了克服衰老和平庸的现状，决定让小丑、杂耍、驯兽师和走钢丝的外孙女和他一起排练演奏舒伯特的《鳟鱼五重奏》。二十多年里，他恩威并施，企图将这些人的兴趣从维持生计的马戏表演移开，转到高雅音乐上来，怎奈这些员工皆朽木不可雕，终归徒劳无功，每次排练都不了了之。在莎士比亚的戏剧里我们看到可怖的事物可以是很可笑的，伯恩哈德则告诉我们，可笑的事物反过来可以是很可怕的。拖着一只假腿、经常腰酸背痛的马戏班主，为了实现他一厢情愿的目标，每天胁迫他的员工占用本该苦练杂技的时间，演奏他们根本不懂、也不感兴趣的古典音乐名曲。为了让他们明白这样做的意义，他穿凿附会地卖弄从浪漫派大师诺瓦利斯那里搬过来的、连他自己也弄不懂的一些概念和术语，拉大旗做虎皮，吓唬他的员工。每次排练之于他们都是一场噩梦，这噩梦折磨了他们二十年，怪诞的做法逐渐变成了马戏团的常规，目的不见了，习惯掌握了权力。在员工面前，暴戾恣睢的马戏团老板最终也成了习惯力量控制的奴隶，他承认他也不愿意练习演奏，但他必须这样做。他经常挂在嘴边的"明天奥格斯堡"，随着时间的推移已不是激励自己和员工勤学苦练的口号，而只是流于形式，甚至内容也发生了变化，到奥格斯堡已不再是要去演出《鳟鱼五重奏》，而是去买松香、琴弦和搓腰背的药水。这位色厉内荏的马戏团老板辜负了他那与意大利民族英雄相同的姓氏——"加里波第"，到头来成了一个可笑又可怜的失败者。

该剧首演后被评为年度最佳，主人公扮演者米奈蒂被评为年度最佳男演员。

《总统》（1975）看上去像一出纯粹的政治剧，实际上只不过外壳如此而已，内里表现的仍然是伯恩哈德作品持之以恒的主题之一：如何坚持和实现自我。动荡在追求和失败之间，在无上权势和胆怯恐惧之间的生存状态是既可笑又可卑的。戏的情节发生在总统私人生活环境里，总统是个政治暴发户，出身贫微，依靠钻营和奋斗，攀登上政治生涯的高峰，然后立刻把作为登顶阶梯利用的结发妻子抛在一边，公开与女演员约会、外出度假。被他斥为变态的妻子在精神上和肉体上分别依附于神父和肉铺老板。他们唯一的儿子离家出走，加入了无政府主义者的行列，行刺国家和政府首脑和高官。最近一次行刺，总统幸免于难，他的心腹卫士丧命。夫人的爱犬、她的心肝宝贝因惊骇过度而死亡。戏的前两场，总统及其夫人在洗浴和化妆，在他们洁身、打扮和着装的过程中，虽然总统在与按摩师说笑，总统夫人对用人颐指气使，但惊恐一直与其相伴。总统夫人看着空狗筐说，我们都恨他（指总统），他折磨我们，折磨所有的人。但她仍然享受着身为总统夫人的地位和荣耀，虽然嘴上说当总统夫人如何不易。

　　葬礼之后，心有余悸的总统和情人躲避到国外，在风景如画的海滨城市过着挥金如土的奢侈生活。总统教导女演员，艺术之路与政治之路一样，也是以肆无忌惮和残忍铺设起来的，他安慰她说，在剧院演不上主角没关系，好得很，你就可以在我这里演主角，跟我，跟国家元首周游世界，你是我知道的最伟大的演员。虽然不能安全地留在自己的国家里，但在异乡有女演员在身边，他仍然感到了作为总统拥有的无上权力。扬言要报复、要不择手段实现最高目标的总统，不久便成为葬礼的主角，躺在了灵堂的棺柩里。权力既有诱人的光环，也有难以抗拒的腐蚀。极权必然导致崩溃。事实证明，总统周围的世界并非如他所说都是垃圾和粪土，失去健全理智的是他自己。

伯恩哈德最后一部戏剧是《英雄广场》(1988)。数学教授、犹太人舒斯特在奥地利于 1938 年并入纳粹德国之后，举家流亡英国。对故乡之思念，加之维也纳市长力邀他回国任教，他返回了奥地利，在维也纳英雄广场旁安家落户。当他发现，距希特勒在维也纳英雄广场发表讲演已过去五十年了，但是他的同胞的情感和观念并没有改变，他决定再次流亡伦敦；最终他认识到，无论在英国还是在维也纳，都再也找不到在家的感觉了。于是，虽然已清理房舍、打点行装准备再去牛津执教，但他改变了主意，跳楼自杀了。这出戏从舒斯特一家举行完葬礼后走在回家的路上开始，后来在已经卖掉了的公寓房里，他的妻子、他的弟弟罗伯特教授，还有儿子和两个女儿，在管家和女仆准备的午餐桌旁坐下来，话题围绕着为什么舒斯特最后走上了这条道路。午餐还没有结束，舒斯特教授妻子一头栽到餐桌上停止了呼吸，因为她耳边响起了英雄广场上民众欢呼希特勒的声响，并且越来越强烈，她终于无法忍受，发病身亡。

这不是一出简单的政治剧，或者说不是那种黑白分明的说教剧，主人公舒斯特教授是一个性格很复杂的人物，他思维敏捷，目光犀利，是颇有学术专长的学者，是受学生追捧的教授。但同时他又是不折不扣的家庭暴君，他自私、专横，视儿女为妖魔，因岳母是演员便百般冷落和歧视妻子。身体有病的妻子成了他的累赘，而女管家却成为他的至爱亲朋和生活伴侣。他身上也有极权主义的思想和行为，纳粹的受害者也受到害人者语言的影响，他和他的兄弟罗伯特教授的不少话语让人想到希特勒《我的奋斗》中的语言。伯恩哈德的目光能穿透面具，他曾写道："所有的人都是怪物，只要他们脱掉外壳。"由此我们看到，伯恩哈德对奥地利掩饰过去、没有深刻反思历史这个问题的批判是多层面的，是辩证的。然而，这个有话不好好说、敢于直截了当出重拳批评奥地利的伯恩哈德，注定再次闯下了大祸。这出戏还在排练中，便因媒体泄露出内容片断而引起轩然大波，上至国家前总理、政党首脑，下到普通民众，都对这出戏口诛笔伐，扬言要把作者驱逐出境，甚至以牢狱和死亡相威胁。与此同时，某些文化艺术部门、一些作家和部分媒体支持这个戏，主张应该让它照常公演。1988 年 11月 4 日，在推迟了数日后，《英雄广场》终于在城堡剧院首演，观众十分踊跃，剧场观众席不时出现代表不同观点的横幅，经常同时出现的嘘声和掌声常常使演出中断，中间休息时观众仍然在激烈地争论，两个半小时的戏持续了近五个小时，演出结束时观众的掌声、喝彩声长达二十多分钟。当时的新闻记者、后来的文学评论家勒夫勒女士写道："整个奥地利成了一出托马斯·伯恩哈德喜剧，这是一出伯恩哈德都难以设想的、最居心叵测、最狡猾、最具揭露性的喜剧，整个奥地利是舞台，所有奥地利人是配角，主角坐在巴尔豪斯广场（政府所在地）、坐在报社编辑部和政党中心。"特别具有讽刺意味的是，伯恩哈德写在《英雄广场》里那些极其夸张的话语，与它们引起的这场现实的闹剧相比，不仅谈不上夸张，反而显得缩手缩脚，苍白无力了。

1988 年，这是奥地利的"反思年"。在奥地利，右派政党影响增强，瓦尔德海姆在其纳粹军官历史背景被揭露后，仍然被选为总统，他公开表示"当年他只不过是履行义务"，"决不辞职"。

《英雄广场》的巨大成功，是作者和导演始料不及的，人们争相买票观看，尽管必须有警察荷枪实弹维持秩序，演出仍然场场爆满。

伯恩哈德把他的国家对待历史的态度坚持作为他创作的重要主题，因此人们害怕他，说他不仅去统计和点数埋在地下的尸体，而且对散发到地上的气味也不放过。

伯恩哈德揪住这个问题不放，而且直言不讳，这种"狂妄、傲慢无礼的行径"自然遭到仇视。然而他的作品产生了社会作用。1991年奥地利政府决定对"二战"中遭受迫害的犹太人予以补偿，1993年维也纳城堡剧院在耶路撒冷参加了以色列狂欢节活动，演出了由克劳斯·派曼执导的、伯恩哈德的戏剧《里特尔、德纳、福斯》，1994年总理弗拉尼茨基率政府代表团访问以色列，第一次在公开讲话中正式承认奥地利对"二战"纳粹的罪行也负有责任。

2011年，奥地利在纪念伯恩哈德诞辰八十周年之际，包括当年那家带头围剿伯恩哈德的《新皇冠报》都改变了态度，媒体称伯恩哈德为奥地利当代文学的杰出代表。国内外多个剧团在上演他的《英雄广场》《习惯的力量》等剧目。

今天人们到剧场看《英雄广场》这出戏，当然不会再像当年那样情绪激动了，今天人们会感叹作家对人物的刻画，佩服作家的胆识和魄力，他把大多数人已经习以为常的观点和行为方式通过歪曲和夸张让他们受到惊扰，甚至让他们反感和愤怒，同时也使本来就感到不舒适、长期受压抑但不知道原因是什么的人顿时豁然开朗，并找到了表达的语言。他的夸张艺术归根到底是为了更准确地观察和认识这个世界。

奥地利前驻华大使博天豪说，伯恩哈德运用艺术夸张强调了我们国家和民族的阴暗面，把我们奥地利人从舒适和享受中唤醒，推动我们去深入地思考，这正是艺术的重要价值所在。

伯恩哈德通过艺术夸张手法往往能够更准确看清这个纷乱、怪诞的世界。1966 年他写道，"我们将融入一个欧洲，这个欧洲可能在另一个世纪出现"，果然一个统一的欧洲出现了。1988 年在《英雄广场》里，通过主人公舒斯特教授，他判断说，"中国将主宰世界"，"亚洲的时代已经开始了"。我们不知道伯恩哈德对中国有多少了解，但他清楚西方世界面临的问题。中国在世界因金融危机经济普遍衰退的情况下，持续保持强劲发展的势头，综合国力日益增强，在全世界后危机时代起到中流砥柱的作用，从这个意义上讲，伯恩哈德的话是颇有见地的。

总之，托马斯·伯恩哈德的作品让人们看到，在一个精神受到普遍蔑视的时代，注重精神的人遭受的痛苦。他通过夸张的艺术手段来实施拯救，把可怕的事物极端化，让它变得滑稽可笑，以便使人们能够忍受。伯恩哈德的作品始终着力表现注重精神的人永远也不会被人真正地理解的处境——永远是孤家寡人，同时他也没有忽视，在注重精神的人周围，人们会感到冷得发抖。如果说，在塑造舒斯特教授这个人物时，伯恩哈德想到的是路德维希·维特根斯坦，那么在他兄弟罗伯特教授身上很明显有作家自己的影子。这表明，伯恩哈德犀利的批判目光并没有漏掉注重精神的人，包括他自己。

伯恩哈德的作品常常是开放的、多义性的，我对上述作品的解读只是一家之言，仅供参考。

马文韬

2011 年春于芙蓉里

托马斯·伯恩哈德生平及创作

1931　托马斯·伯恩哈德生于荷兰海尔伦。母亲赫尔塔·伯恩哈德与阿洛伊斯·楚克施泰特未婚怀孕。赫尔塔于 1930 年夏离开奥地利，到荷兰打工做保姆，1931 年 2 月 9 日生下托马斯。操木匠手艺的生父不承认这个儿子，逃脱责任去了德国。这年秋天，母亲将托马斯送到维也纳她父母家里。

1935　外祖父母迁居奥地利萨尔茨堡州的泽基尔兴，外祖父约翰内斯·弗洛伊姆比希勒是位作家，很喜欢托马斯这个外孙。

1936　母亲赫尔塔与理发师埃米尔·法比安在泽基尔兴结婚。

1937　继父法比安在德国巴伐利亚州找到工作，母亲带托马斯随后也到了那里。

1938　生父楚克施泰特与他人结婚。母亲生下彼得·法比安，托马斯的同母异父弟弟。

1940　母亲生下苏珊·法比安，托马斯的同母异父妹妹。

生父楚克施泰特在柏林自杀。

1941　母亲与托马斯不睦，托马斯作为难以教育的儿童被送到特教所。

1943—1945　在萨尔茨堡读寄宿学校，经历了盟军对萨尔茨堡的轰炸。

1946　法比安一家被逐出德国，移居萨尔茨堡。一大家人包括外祖父母，挤在拉德茨基大街两居室单元房里。托马斯读高级中学。

1947　托马斯辍学，在萨尔茨堡贫穷的居民区一家位于地下室的食品店里当学徒。

1948—1951　托马斯患结核性胸膜炎，后来加重发展成肺病，在多处医院住院治疗，在寂寞、无聊，甚至绝望中，他开始了阅读和写作。

1949　外祖父去世。

1950　结识斯塔维阿尼切克医生的遗孀——比他大三十七岁的黑德维希·斯塔维阿尼切克女士，她直至1984年逝世始终支持伯恩哈德的文学活动。通过这位居住在维也纳的挚友，正在开始写作的伯恩哈德接触了奥地利首都的文化界。伯恩哈德在他的散文作品（亦称小说）《维特根斯坦的侄子》中借助主人公"我"说，"我有我的毕生恩人，或者说我的命中贵人，在外祖父去世后她是我在维也纳最重要的人，是我毕生的朋友……坦白地讲，自从她三十多年前出现在我身旁那个时刻起，可以说我的一切都归功于她"，这就是伯恩哈德对这位女士的评价。伯恩哈德的母亲去世。

1952	发表文学创作处女作：诗歌《我的一块天地》，刊登在《慕尼黑水星报》上。
1952—1955	通过著名作家卡尔·楚克迈耶的介绍，担任萨尔茨堡《民主人民报》自由撰稿人。与斯塔维阿尼切克女士一起到意大利威尼斯、南斯拉夫等地旅行。
1955—1957	在萨尔茨堡莫扎特音乐学院学习声乐和表演。
1957	发表第一部著作：诗集《世上和阴间》。
1960	参加戏剧演出。
1963	散文作品《严寒》由德国岛屿出版社出版，引起德语国家文学评论界的注目，报界认为这是文学创作一大重要成就。到波兰旅行。
1964	发表短篇《阿姆拉斯》。获尤利乌斯·卡姆佩奖。
1965	在上奥地利州的奥尔斯多夫购置一处旧农家宅院，后来又在附近购置两处房产，整顿和装修持续了几乎十年。由于伯恩哈德的身体状况，医生要他经常去欧洲南部有阳光和空气清新的地方，实际上他很少住在奥尔斯多夫这一带，但是这些地方成为他作品里人物活动的中心。获德国自由汉莎城市不来梅文学奖。
1967	发表长篇《精神错乱》。获德国工业联邦协会文化委员会文学奖。由黑德维希·斯塔维阿尼切克女士资助，伯恩哈德住进维也纳一家医院治疗肺病。从此黑德维希伴随伯恩哈德经历了他生活中的喜怒哀乐。她成为伯恩哈德生活的中心，反之亦然。在《历代大师》中，主人公雷格尔回忆妻子的许多话语反映出伯恩哈德与她之间的关系。

1968	发表散文作品《翁格纳赫》。获奥地利国家文学奖和安东·维尔德甘斯奖。
1969	发表散文作品《玩牌》、短篇集《事件》等。
1970	第一个剧本《鲍里斯的节日》由德国著名导演克劳斯·派曼执导，在汉堡话剧院首演，之后德语国家许多知名剧院都将该剧纳入演出计划。后来派曼应邀到维也纳执导多年。伯恩哈德的杰出戏剧成就在某种程度上得益于这位导演的艺术才华。同年发表散文作品《石灰厂》。获德国文学最高奖毕希纳奖。
1971	到南斯拉夫举行朗诵作品旅行。发表散文作品《走》和电影剧本《意大利人》。
1972	由派曼执导的《无知者和疯癫者》在萨尔茨堡艺术节首演，由于剧场使用方面的一个技术问题与萨尔茨堡艺术节主办方发生争执，该剧被停演。获弗朗茨·特奥多尔·乔科尔文学奖和格里尔帕策奖。退出天主教会。
1974	戏剧作品《狩猎的伙伴们》在维也纳城堡剧院上演。《习惯的力量》在萨尔茨堡艺术节上首演。获汉诺威戏剧奖。
1975	自传性散文作品系列第一部《原因》问世。戏剧作品《总统》首演。发表散文作品《修改》。
1976	戏剧作品《著名人士》《米奈蒂》首演。发表自传性散文作品《地下室》。获奥地利联邦商会文学奖。萨尔茨堡神父魏森瑙尔把伯恩哈德告上法庭，指控《原因》中的人物弗朗茨是影射他，玷污了他的名誉。

1978	发表剧本《伊曼努尔·康德》、短篇集《声音模仿者》、散文作品《是的》(即《波斯女人》),以及自传性散文作品《呼吸》。
1979	伯恩哈德以戏剧作品《退休之前》参加关于德国巴登-符腾堡州州长是否具有纳粹背景的讨论。在联邦德国总统瓦尔特·谢尔被接纳进德国语言文学科学院后,伯恩哈德宣布退出该科学院,不再担任通讯院士。
1980	德国波鸿剧院首演《世界改革者》。
1981	戏剧作品《到达目的》首演。发表自传性散文作品《寒冷》。
1982	发表长篇散文作品《水泥地》《维特根斯坦的侄子》,以及自传性散文作品《一个孩子》。戏剧作品《群山之巅静悄悄》首演。
1983	散文作品《沉落者》问世。
1984	戏剧作品《外表捉弄人》首演。发表散文作品《伐木》引起麻烦,由于盖哈德·兰佩斯贝格声称名誉受到该作品诋毁而起诉了作者,该书被警方收缴。翌年兰佩斯贝格撤回起诉。进入 1980 年代,黑德维希·斯塔维阿尼切克健康状况变坏,1984 年病故,在维也纳格林卿公墓与其丈夫埋葬在一起。
1985	发表长篇散文作品《历代大师》。萨尔茨堡艺术节上演《戏剧人》。
1986	戏剧作品《就是复杂》在德国柏林席勒剧院首演。萨尔茨堡艺术节上演《里特尔、德纳、福斯》。发表篇幅最长的、最后一部散文作品《消除》,一出

奥地利社会的人间戏剧，主人公的出生地沃尔夫斯埃格成为奥地利历史的基本模式。

1987　发表剧作《伊丽莎白二世》。

1988　由派曼执导的伯恩哈德的话剧《英雄广场》提醒人们注意 50 年前欢呼希特勒的情景并没有完全成为过去，由于剧情提前泄露引起轩然大波，奥地利第一大报《新闻报》抨击该剧"侮辱国家尊严"，某位政治家要求开除剧本作者的国籍，部分民众威胁作者和导演当心脑袋，演出推迟三周后才冲破重重阻力，于 11 月 4 日在维也纳城堡剧院首演，演出盛况空前，引起欧洲乃至世界的关注。

1989　2 月 10 日伯恩哈德在遗嘱上签字，主要内容是在著作权规定的 70 年内禁止在奥地利上演和出版他已经发表的或没有发表的一切著作。由于长期患肺结核和伯克氏病，并出现心脏扩大症状，加之呼吸困难和心力衰竭，2 月 12 日伯恩哈德在上奥地利州的格蒙登逝世。2 月 16 日遗体安葬在维也纳格林卿公墓，与其命中贵人黑德维希·斯塔维阿尼切克女士及其丈夫葬在一起。

文景

社 科 新 知　文 艺 新 潮

Horizon

总统

[奥地利] 托马斯·伯恩哈德　著

马文韬　译

出 品 人：姚映然
责任编辑：高晓明
营销编辑：杨　朗
装帧设计：XYZ Lab

出　　品：北京世纪文景文化传播有限责任公司
　　　　　（北京朝阳区东土城路8号林达大厦A座4A　100013）
出版发行：上海人民出版社
印　　刷：山东临沂新华印刷物流集团有限责任公司
制　　版：南京展望文化发展有限公司

开　本：787mm×1092mm　1/32
印　张：8　字　数：134,000　插　页：2
2024年5月第1版　2024年5月第1次印刷
定　价：75.00元
ISBN：978-7-208-18374-2 / I·2095

图书在版编目（CIP）数据

总统 / (奥) 托马斯·伯恩哈德 (Thomas Bernhard)
著；马文韬译. —上海：上海人民出版社，2023
　ISBN 978-7-208-18374-2

Ⅰ.①总⋯　Ⅱ.①托⋯②马⋯　Ⅲ.①戏剧-剧本-
奥地利-现代　Ⅳ.①I521.35

中国国家版本馆CIP数据核字（2023）第117914号

本书如有印装错误，请致电本社更换　010-52187586